それは誠

乗代雄介
Yusuke Norishiro

文藝春秋

それは誠

修学旅行から帰った翌日のしかも土曜日に学校があるのはどうかと思うけど、僕だって特別な事情がなければ風邪で寝込んでるなんて言い訳せず、ちゃんと登校したはずだ。でも今日だけじゃないんだな。僕は明日も明後日も寝込んでて、あと何十日か、事情次第じゃ何百日でもおかしくない。事情っていうのは、今始まったこれ——高校二年の東京修学旅行の思い出——をいつ書き終えるのかということだ。

例の居心地悪い自然な導入ってやつになる前に、僕の作業環境を書いておく必要がある。築五十年弱、リフォーム済みの木造建築の二階、六畳の部屋、小三以来の学習机と木製椅子。机の横のくすみきったアルミ棚には古式ゆかしい自作PCが鎮座して、ポリ塩化ビニルの透明マットが敷かれた机の上はモニターとキーボードにマウスを置いたらほとんどいっぱい。モニターはともかく、キーボードなんか県道沿いの古めかしいリサイクルショップの箱から引っ張り出した時点で相当な年季もので、ストロークは海より深く、ラバーカップは山より硬い。雪原を歩くのに似ていながら、それにしてはキャップがカチャカチャやかましいし、その印字も真ん中に焼夷弾を落とされたみたいに剝げまくりだ。何一つまともに読み取れない灰色の足場の一つ一つを、僕の頭に浮かんだ通りに指で踏み分ける。ためらいみたいな抵抗を湛えた一歩一歩が、古めかしいPS／2コネクタから変換アダプタを経てUSBから入力されて、ディスプレイ上に文字として表示される。耳は所構わず唾を吐くみたいな打鍵音を聞きながら、目は心が思うより少し遅れる文字が牛の涎（よだれ）みたいにつながっていくのをただ見ている。その上この、おかしなほどの無感覚。苦しみながら書いたとか楽しんで書けたとかはみんな嘘で、そいつがリウマチ持ちだったりさっき包丁で指を切ったり報酬系に電極が埋め込まれたりしてない限り、書くことはただひたすらに無感覚だ。

　涎を改行できるのは幸いだ。少なくともそこで一度口を閉じる時間がつくられる。こうして矢も楯もたまらず始めた時には忘れがちだけど、涎だって無限に湧き出てくるわけじゃない。今、少なくとも乾きは感じていない僕の内面には、切実な反射と軽薄な条件反射が跋扈（ばっこ）して何かを消化しようとうずうずしている。涎じゃ分解がせいぜいだとしても、その丸くとろい矛先があの修学旅行に向けられているのは確かだ。あの修学旅行で取り込まれた水分が体から抜けないうちに、急ぎあの修学旅行のことを、潤沢な涎でもってだらだら書き上げなきゃいけない。舌の根も乾かぬうちにってことじゃなければ、あの日のことは一生わからないままだろう。そんなのはごめんだから、こうして学校行く間も惜しんで書き始めたわけだ。それに、教室に入って彼らと一言二言交わそうもんなら、僕はもう修学旅行について書く気なんかなくしてしまうに決まってる。その瞬間に予期する甘酸っぱい未来は、僕に生唾を飲み込ませるはずだ。僕は固い意志をもってそれを拒み、こうして一人、涎を垂らし続けることを自分に強いる。画面の上にべたべたの、二度と行かない宝の地図ができれば上出来だ。

ここまで来ればもう、自然な導入とやらには首尾よく失敗しているだろう。たかが知れてる失敗だけど、ひとまずは気後れしないで始められるはずだ。

さあ、どこからやろう。僕は平凡な高校生だけど、平凡とは言い難いぐらいに特筆すべき人間関係がないばかりか、禁欲的で自罰的つまり模範的な学校生活を過ごしてきた。おかげでそんなに遡らずに済むのは確かだ。なのにさんざん迂回するのは、生い立ちに引け目を感じているからかも知れない。つまり、世間一般に比べれば複雑には違いない家庭環境まで遡る必要があるんじゃないかというわけだ。でも僕は、それについて特筆するほどの生きづらさを感じちゃいない。そいつが例の防衛機制の賜物だとしても、誰かが当代の期待の地平に描かれた足型の上に立って主題や教訓や物足りない点を見出さんとするなら、僕は兵器部長に伝手がないのを心底残念に思うことだろう。隙あらばこうやって付け焼き刃の文学知識で誰かの目を切りつけようとする以外に能のない僕だけど、それでもいつも、もっとマシなことを考えたいと願っているのは本当だ。マシっていうのはちょっと上手く言えないけど、こうして前後不覚の雪ん中を必死で進んでるような時に、あのヴァルザーの帽子を見逃さないようにしなきゃって気を張ってるみたいなことだ。ああ、雪の上にひっくり返って落ちたあの帽子だよ。あれは好きな帽子だった。あれはエベレストのグリーンブーツとは全然ちがって、僕の進む道の正しさを証明するようなものではなくむしろ逆、ということはそれ故に——まあいいや、どの道、僕の進む道には誰もいない。ただ風が吹いている。それも、懐かしく薫りながら僕の背中を押す暖かい追い風が、まるでそこから僕を遠ざけようとするみたいに。

　忘れないようにもう一度、自らについて、特筆すべき人間関係なしと認めておこう。友達は俺と僕と私だけ。そんな人間は死ぬ時に何を思うんだろう。それとも、死ぬまでそんな考えでいるのって、死ぬほど難しいことだったりして。

　さあ本当にもういい加減、修学旅行のことだ。ひとまず班分けまで遡ってみるのがいいと思う。でも、班分けは僕が休んでるうちに終わってたんだ。僕だってのべつ幕なし休むというわけじゃないけど、ここぞという時には簡単に休むんだ。

　あの日の朝、学校にかけた電話はよく覚えてる。三コール目で、A組の副担任の高村先生が出た。二十代半ばの女の先生で、細くて美人で朗らかだから男女問わず生徒から人気があって――人気というか、妬み嫉みがない限り誰も抗えないと言った方が正しい。休みの連絡を入れるといつもこの高村先生が出る。一番若いからそういう役回りを押しつけられてるのか買って出てるのか知らないけど、みじめな感じはしない。よっぽどのこと以外は事前に準備ができていれば耐えられるって諦めを、自ら颯爽と纏ってる感じなんだな。そうでなきゃ、細くて美人で朗らかでなんていられないと思うんだ。この類いの偏見は僕の学校でもまだまだ猛威を振るってるんで、先生の人気も安泰というわけだ。そんな先生の、舌を嚙み切っちゃいそうな学校名を含んだよそ行きの声を聞けるだけで儲けもんだと思いながら、組と名を名乗り、体調不良で休む旨を告げる。

「またか」と先生は感じよく言った。「電話友達みたいになってきたな」言い方悪いけど、いわゆる男っぽい言葉遣いをするんだ。電話友達って語彙もちょっと古くさいし。

それで、みんなにそうしてるのか常連の僕だからそうなのか、明るい声で病状を訊いてくる。毎回、深刻にされるより百倍いい。

僕の方では熱だ咳だとテキトー並べて「今から病院行く予定です」とか言って、さっさと話を切り上げにかかる。

「今、おじいさまかおばあさまは?」

いつもはここで替わってもらうんだけど、その日は急遽休むことにしたから誰もいなかった。

「二人とも畑に行ってます」と正直に言った。自分の一番言いたいことが嘘偽り無しに本当だっていうのは素晴らしいことだ。

「それって今、呼んだりできる?」

保護者の確認が欲しいんだろうけど、どうも家の隣近所に畑があるとでも思ってるらしい。

僕はこれも正直に教えてあげた。

「車で十五分くらいかかるので」

「車で十五分」心の底から意外という声だった。「そんなにかかるの」

「かかりますね」こう得意げになってくると、正直も考え物だ。

「そうか」急に素っ気ない返事のあと「じゃあいっか、大丈夫」とさっぱり言ったところで、そこにある伝言板か何かに目を留めたらしい。「あ、ちょっと待って」と無防備に声が張られた。「今日、C組は修学旅行の班分けがあるみたいだけど」

「はい」と平静に答え、向こうが何か慮（おもんぱか）る前に付け加える。「足りてないとこに入れてもらうよう、名取先生に伝えてください」

「いいの？」特に驚く様子もなく先生は言った。「それで」

「はい」

少しの沈黙のあと「かっこいいねえ」と感心するような声。

言葉に詰まって、僕は思わず電話を切っちゃった。まずいと思ったけど、どうしようもない。気づけば高鳴っている胸。細くて美人で朗らかな都会育ちの先生を前にした田舎育ちの高校生なんて、乾燥剤程度の文学知識を頭に忍ばせてたところでその程度のもんだ。

そんなこと書いてるうちに、もう日付が変わろうとしている。そろそろ寝ないと。でも僕は、夜更けに洗面所へ下りていくのがあんまり好きじゃないんだ。氷みたいに冷たい廊下でじいさんの猛烈ないびきを聞くことになるから。

班分けの翌日、学校に行っても誰も何にも言って来やしない。担任の名取でさえ僕の顔見て何も言わなかったのはさすがにどうかと思うけど、僕がその程度の生徒だというせいもある。つまり、どこの班に入れてもらっても構わないって発言が「かっこいい」権利の放棄に見えるかは、日頃の振舞い次第というわけだ。僕の場合、班分けの現場に立ち会ったところでどうせ足りてないとこに入れてもらうだけなんだから、実際のところは何の権利も放棄してないことになる。

ただ言っておくけど、それがいやで休んだわけじゃない。休んだのは『東京からきた女の子』って長崎源之助の本のせいだ。いじらしいもので、修学旅行が近づいてくると図書館の除籍本コーナーでそういう児童書が目についたりするんだけど、その本の中で、転入して来ていきなりガキ大将みたいなのと大ゲンカした女の子が「べんきょうするきになれません」って早退して、次の日も学校を休んじゃう。僕はそれが気に入ったんだ。

それで昼休みになって、僕の席に大日向（おおひなた）が来たんだ。弁当片手にどこかへ行く前に事務的な用事をふっと思い出して寄りましたって感じだった。より正確に言うなら、そういう感じをしっかり出そうって感じだった。けなすつもりはない。そういうのって、自尊心より親切心だから。

「佐田くんさ」と目を合わせたまま大日向は言った。困ったことに僕はそんな名字なんだ。こう書いてる今も他人みたいな気がするけど、にしても、わざわざの呼びかけに親しみのなさを感じるじゃないか。「修学旅行、同じ班だからよろしく」とだけ言って、返事も聞かずに教室を出て行った。

行く末を案じないこともなかった。この大日向ってのはいけすかない人間では全然ないけど、流行らないにしても亡きものではないスクールカーストってやつでいうと、かなり上の方に属するタイプなんだ。彼が組みそうな同じサッカー部のいけすかない奴らが三人ほど思い浮かんだ。その数合わせに人畜無害の中性子が駆り出されたんじゃないかってのは、容易に察しのつくことだ。

ところが、結論からいうと拍子抜けだった。総合の授業が修学旅行のことにあてられたんだけど、大日向が向かう方にいる面々は、想像とはだいぶ違っていた。一人ずつ紹介するのは気が遠くなるし、いいものがあるからそれで済ませよう。

あの時はまず、修学旅行のしおりが配られた。昨日帰ってきたところだから――一部は破り取られてるけど――今も手元にある。日程とか持ち物とか、最低限の大事なことだけ書かれたやつだ。ホテルでの過ごし方とかはまた後で色々と配られて、いかにも地方都市の小金のある私立校って感じでポケット式のファイルに全部まとめるようになっていた。

しおりの裏表紙をめくると班員名簿欄がある。一番上の班番号を書く欄に、教えてもらって〈3〉と入れた。その下に横長の欄が七つ並んでて、一番上には「班長」、二番目に「副班長」と添え書きされている。名取は、各々のしおりを班内で回して名前を自筆するように指示した。班長でも副班長でもないなら、自分の名前は一番下に書けとかなんとか古臭いこと言ってた。指示から五分、僕が自分の名前を班員のそれぞれのしおりに書く間に、筆跡の異なる班員の名前が並んだ自分のしおりも戻ってきた。上から順番通りに打ち込んでみよう。

井上奈緒
蔵並研吾
大日向隼人
松帆一郎

畠中結衣
小川楓
佐田誠

わからないだろうけど、妙なメンバーだ。そしてこれまたわからないだろうけど、それぞれの名前と筆跡は、目に入れるだけで僕の感傷を大いにそそってきやがる。僕がこれから書いていくことから、君が彼らの筆跡が想像できるといい。実際の筆跡と合致するかどうかは大した問題じゃなくて、どうせ目にすることはない僕の修学旅行のしおりの裏表紙裏に並んでる七つの筆跡について、君が想像するってことが重要なんだ。『東京からきた女の子』にも「しんのとがったえんぴつで、小さくかわいい字をかくだろう」ってとこがあった。これは余談だけど、名前の横には僕が書いたそれぞれの携帯番号までくっついてる。ここに電話をかければ、僕は今すぐにでも彼らと話ができるかも知れない。

しおりのことが片付くと、残りは東京での自由行動の計画を班ごとで相談する時間にあてられた。各班にタブレット一台が渡されたけど、自主性とやらを重んじる我が校は通常授業の最中じゃなきゃスマホも自由に使えるから、そんなに重宝するってわけでもない。

三班は、各自で行きたい場所をリストアップするところから始めた。女子三人は椅子を並べてタブレットを使い、男子がそれを取り巻くようにただ座っていた。とりあえず僕に関していえば、絶妙な距離感というものがあったな。つまり、近づくのもなんだが、わざわざ離れていると思われるのはもっとなんだなというような。

「ねえ」と井上が急に顔を上げて、男子の方に言った。「ディズニー行くのってどう？」

「は？」大日向がいち早く笑って答える。「次の日、行くだろ」

三泊四日の修学旅行、三日目は全体で東京ディズニーリゾートへ行くことになっている。自由行動は二日目だ。ホテルを午前九時半に出発して、午後五時までに戻ってくればいい。

「べつに二日連続で行ったってよくない？　二日で制覇すれば」

真面目な顔で答えられて、大日向はスマホをポケットにしまった。他の頓馬な男子も、それで何となくおおっぴらに井上を見ることができた。

「本気で言ってたのかよ」

「ホテルの隣の駅なんでしょ？　交通費もかかんないし、おみやげ代含めて一万円なら満喫できるし」

「多少は勉強っぽいとこじゃなきゃ通んないって。社会見学としてとか、さっき先生がそんなこと言ってただろ」

「見た目のわりに真面目だよね、大日向くんって」

大日向のたしなめる調子が癇（かん）にさわったみたいに口を出したのは、井上の隣にいた小川楓だ。顔は上げずに、か細い小指のへりでタブレットを操作し続けている。

「むしろ誇らしいから、そういうの」

そつなく返す大日向に僕はちょっと感心していた。今後の会話のほとんどは彼を経由することになるけど、これは別に、複数人の会話を描写する能に欠けた語り手の苦肉の策じゃなく、実際そうだったからだ。まあ、能があるかは知らないけど。

「蔵並くんが言うならわかるけどさ」

小川楓の言葉に蔵並本人も反応しかけたが、井上の大きな声が遮った。

「え、じゃあディズニーは無理ってこと？」

「ホントに本気だったんだ？」小川楓が鼻で笑いながらようやく顔を上げた。「たぶんっていうか、ぜったい無理よ」

隣で畠中さんが笑ってうなずく。人の良さそうな彼女はなんて言っていいのか、少し、いや結構かな、まあかなりというわけでもない、ふくよかな方で、持ち上がった頰で目尻がなんとも窮屈そうだった――やっぱり能があるとは言えそうにない。

「そうなの」井上は口惜しそうに言った。「え、じゃあ何だったたん、今のこの時間」

「さあ？」と小川楓はなんとなくの笑顔のまま首をかしげた。「二日連続ディズニーの夢を見る班長の、班長による、班長の――」

井上は両の頰を手で覆うようにして、えーともあーともつかない長い声を出してから「ちゃんとしたい」と言った。「ちゃんとしよ」

「そう、ちゃんとしようぜ」と大日向も言った。「みんなで話し合いしてさ。ちゃんと男女こみで」

「あ、でも、あと三分だ」手を頰に置いたまま教室の時計を見上げた井上の目は、嬉しげな弓なりになった。呆れている大日向と目が合って「じゃあ、じゃあさ」と取り繕う。「明後日もロングホームルームで時間とるって言ってたから、その時にすり合わせればいいんじゃない？みんな、一人一個、行きたい場所を考えてくるのは？　コレ、絶対で。考えてこなかったら、その人の希望は検討しません。これは班長命令です。よろしいですか」

「急に班長らしくなった」タブレットをいじって何も見ていない小川楓は不思議そうだった。

「なんで？」

「ほんとにちゃんとするって決めた。誰にも容赦せん、楓にもな」

「そんな」小川楓は笑いながらタブレットを放すと、時計を見上げながら伸びをした。

「それでいいよ」と僕は言った。喋れる時に喋っておこうという魂胆だ。

「なんか、条件は？」蔵並が僕よりもまともなことを訊いた。「費用とか、範囲とか」

「うーん、とりあえず自由。最初から制限あって候補に出せなかったらもったいないから」

「確かに」と蔵並がうなずく。

その低い声を「確かに」と小川楓が真似た。蔵並は驚くような照れたような顔でそっちを見た。

「いや」小川楓は笑みを返した。「勉強できる人の「確かに」は重みがあるなって」と言ってひらひら手を振る。「気にしないで」

「けど、常識の範囲内で――」そこで井上は一番遠くに目をやり「松くんは？」と訊いた。

「それでいい？　聞いてた？　明後日までに自分が行きたいとこ決めてきてね」

窓の外をぼうっと見ていた松は、荒れ気味で粉をふいた腫れぼったいまぶたを持ち上げながら井上を見た。それから少し笑うみたいに口を開けた。覗いた舌先が引っ込むと同時に「い、い、い」とどもり、それをぐっと呑み込むようにしたあと「だ、大丈夫」と言った。

せっかく班長がそう決めたのに、その日の最後の授業、現代社会の終わり三十分でも同じような時間が取られた。必修科目でクラス全員いるし、担当がクラス担任の名取だから、そういう帳尻合わせができるんだ。

みんな一応、班ごとに集まってはいたけど、仲の良いのが首尾よく固まれたわけでもないらしく、先生がいなくなるとばらけて、あんまり真面目に相談をするような雰囲気じゃなかった。三班はまた井上の席がある窓際の後方――総合の時もそこに集まっていた――に全員が固まったけど、さっきああ言った手前、特にすることもなかった。井上と小川楓の会話に畠中さんが交ざって、蔵並は自分の席から持参した現代社会の予習だか復習だかをやってた。松はその後ろで、いつものように窓の外を見るかなんかしていた。まあ、僕も含めて男子は大体そういう奴らなんだ。頼みの綱の大日向は、先生が出て行くのと同時に平気でトイレに行ったらしい。しばらくしてハンカチをズボンの後ろポケットに押し込みながら戻ってくると、自然に椅子を引っ張ってきて女子たちと男子どもの間に陣取った。賢明な奴だ。

「バンッ」

井上が息の多い声を発しながらピストルに見立てた手を跳ね上げると、小川楓が顔を横向きに机の上に伏せって目を閉じた。

「よーしよしよし、またできたじゃん、すごいじゃん」

井上は大袈裟に声をかけながらその頭をがしがし撫でている。二人はそれをさっきから何度か繰り返してて、僕らはその横で勉強したり外見たり座ってたりしてたんだ。ところが大日向は役者が違う、椅子の背もたれに肘をのせた体勢で、好意的な笑みを浮かべながら言った。

「二人はそれ、何やってんの？」

「ロンのマネ」井上が小川楓の頭を撫でる手を止めて答える。

「ロン？」

「うちの犬」と気分を害したように言った。「井上ロン、三歳。オスのケアーンテリア」

「へえ」大日向はいかにも興味を引かれましたって声を出した。「芸すんの？」

「まだしない、仕込んでるとこ。ていうか今日から仕込み始める予定。ツイッターで見たらやりたくなったんだよね」

「これはその練習」小川楓が机に片頰をつぶしたまま言う。「奈緒ちゃんの」

「飼い主の練習？」大日向は納得いかないという顔で訊いた。「小川が、その、ロン？　やったって意味ないじゃん」

ちょっと面白そうな話に聞き耳を立てつつ気になったのは、ケアーンテリアと、あとは大日向の呼び捨てについて――つまりどういう了見かってことだ。僕が小川楓のことだけわざわざフルネームで書いてるぐらいは、いくらボンクラでも気付くはずじゃないか。ボンクラってのは言い過ぎた。でもじゃあ他のこと、例えば今の、了見と猟犬がかかっているのはどうだろう。

だいぶ前だけど、マシとmercyは？　僕は自分の切実な思いを伝えるために言葉を使ったことなんて一度もない気がする。

「意味ある」井上は間髪入れずに——と書くには間が空きすぎたけど——否定した。「意外とリアルで、最初は全然やってくんなかったし。明日になったらやってくれるかわかんないし、いい練習」

井上は証拠を見せてやると言わんばかりに姿勢を正すと、話のうちに起き上がってきた小川楓の眉間に銃口を突きつけるようにして、また「バンッ」と手を跳ね上げた。小川楓は、今度はのろのろ死んだフリをした。

「やっとここまでしつけたんだから」

飼い主が誇る間に、肩から下でちょっとウェーブのかかり始める小川楓の長い髪が、机から少しずつ流れ落ちる。

大日向はその髪を目で追いながら「小川の」とつぶやいた。「さじ加減じゃん」

「指はもっと顔から離した方がいい」とこれは僕の助言。「なんか怖いから」

畠中さんが心から同意するという風に強くうなずいて、井上がちょっと笑った。鼻の上に細かな横じわを走らせる感じで笑うんだ。

「その芸って」と大日向が訊いた。「誰でもやんの？」

「あー」ぼんやり開けた口で考えてから、井上は小川楓の頭を見下ろした。「どうかな、あたし限定かも。飼い主なので」

そんなの聞こえていないか理解していないような犬の振りで、小川楓はおもむろに体を起こした。目をつむったままだるそうに首を傾けると、コキッと軽い音が鳴った。

そこへ突然、大日向が「バンッ」とやったんだ。

そりゃ会話の流れとしてはわかるけど、なかなか大胆なことをするもんだ。会話の潮目が変わって、何かが始まりそうな予感がした。

小川楓は興味なさそうに、片方だけを細めた冷たい目で見つめるだけだった。涙袋がすごく際立っていた。

「これ、犬としてか？」大日向は困惑して井上に助けを求めた。「なんかマジで怒ってない？」

「ケアーンテリアは飼い主に忠実な犬」井上はまた誇らしげに言うと、他の班員の方を見て「次は？」と言った。

他の奴にもやらせる気なんだ。別にことさら意識して交流を深めようってわけじゃないんだろうけど、こういうことをごく自然にやれるんだ。ごく自然にって言えるのは、この時の僕は、この会話が班にもたらしうるものについて何とも思ってなかったからだ。ただ、クラスのボンクラとして、何かが始まりそうな予感がしただけなんだ。いや、事実の通りにもっとボンクラ風に言うと、僕はただそういう予感を感じてただけなんだよ。

「ぼぼ、ぼぼぼぼくも」と松が遠くから手を上げて言った。「や、やってみていい？」

井上はそっちを向いて「え？」と割にはっきり言ったけど、すぐに「いいよ」と微笑みかけた。

「バン！」松はすぐさま撃ち込んだ。間もへったくれもなく遠くから、ずいぶん楽しそうに。

擬音じゃ吃音は出ないらしいって、これはその時に思った。あとは機関銃だとどうなるんだろうとか。思ったんだからしょうがない。僕は自分の考えがどんなに下劣で悍ましかろうと傷ついたり恥じ入ったりしたことはない。愉快なことや高尚なことを考えて満たされたり誇らしかったりしたこともない。休むに似たりの言葉遊びが自己評価じみた感情に働きかけるなんて信じられない。書くのもそうだ。だって、自分のために書くなら考えるのと一緒じゃないか。

井上ロンもとい小川楓は迷う素振りもなく、ふいと窓の外を向いた。

松は本気で残念そうだった。「ぼ、ぼぼぼぼくのうち、ね、ねねね猫飼ってるから」

「あ、そういう問題？」井上はちょっとした保母さん調になった。笑顔も言い方も、相手にわからないところでちょっとあしらうような感じ。

「なんて名前？」と畠中さんが訊いた。「松くん家の猫」

「リーフィア」

「ポケモンかよ」勉強の手を止めずに蔵並が言った。思わず口をついただけらしく、顔は上げず、二の句もなかった。

「そうなの？」と畠中さんが二人の顔を見比べる。

「うん」と松は嬉しそうにうなずいた。「ポケモンからつけた」

「変わってるな」

蔵並がそんなことを言うから言葉が続かず、場は大人しくなる。なにしろ松は変わっていて、その変わり方がどういうものか同級生も承知してるんだから。こんな進学校に入るためには邪魔にならない程度の、だからこそ厄介な、気遣い方しだいでこっちの気分が損なわれてしまうような変わり方だ。これは思うだけじゃなく、実際、言っちゃったりやっちゃったりするもんだから始末が悪い。

だから何人かが「まあ」と曖昧な相づちを打った。打たない奴が少なければ、誰かがそこに加わればいい。多すぎたら、それとなく否定やフォローを入れればいい。こっちだって松だって無用に傷つく必要などないんだから、そのバランスを保っておけば問題ないというわけだ。

「そうか?」と大日向は言った。

首をかしげる松の方を蔵並は見もしない。でもノートの上のシャーペンの軸だけそっちに向けた。「ポケモンの世界でリーフィアって、それこそ犬みたいな種類の名前じゃないか。それをつけるのって変じゃないかっていう、ただの疑問」

「でも、と、とととと隣の家の犬の名前は、き、きなこで、食べ物の種類だよ」

裏表のないぶん早い返事は蔵並の虚を突いた。時間があれば反論の仕方もあっただろうけど、蔵並は黙っちゃって、それを遠くの犬が笑った。脱力した小川楓の体が、軽い笑いに為すがままに揺すぶられて、髪も左右に揺れていた。しばらく見ていたけど、一向に笑いやまない。

「撃て、撃て」と大日向が蔵並に囁いた。耳打ちっていうより、それをみんなに聞かせるって感じだった。機を見るに敏なんだ。

蔵並はつい戸惑いつつも手でピストルを作った。声は出さないで銃口を跳ね上げて撃つフリをした。小川楓は笑ったまま井上を見て、またさらに笑いを大きくする。井上はその肩を撫でて、蔵並に軽く頭を下げた。

「次、佐田」と大日向が僕を見た。「今んとこ全員失敗」

呼び捨てにされたけど、鮮やかな手口で怒る気にもならない。実際、そんなことは考えもしなかった。僕はこのキーボードの上で考えるのに慣れすぎて、現実で事が起こるあの速度に頭や言葉がおっつかないんだ。

「がんばって、佐田くん」と井上が言った。

仕方なく、小川楓に向かって構える。小さく前へならえしたような僕の気恥ずかしさを見過ごし、微笑んで待ち受けている――ように見えた。銃の内部、掌の柔らかいところに自分の薬指が触れ、背に震えがこみ上げた。それさえ見透かすように僕を見つめる、犬をマネているとはとても思えない目。動かすことのできない視線を突然、たどたどしい声が横切った。

「く、くく蔵並くん、ポ、ポポポポケモン好きなの?」

おかげで我に返ったけど、勘弁してほしいもんだ。けど、言ってどうなるもんじゃない。幸い蔵並は黙ってた。こっちの流れを優先したのか、答えたくなかったのかわからないけど、みんなもそれに倣った。後は僕がさっさと済ませるだけだ。

「バン」

小川楓はふいにそっぽを向くと、心なしかゆっくりと倒れて、誰もいない方へ顔を倒して机に伏した。

「できた！」畠中さんだけ本気で喜び、胸元で小さい拍手までしてみせた。「すごい」

「やっぱさじ加減じゃん」

大日向の冷めた笑いをかき消すように、井上は「かしこいかしこい、かしこいねー」とふざけた甘い声を出して、小川楓に覆い被さるように身を寄せると、髪を強くかき回した。「やらなきゃ終わんないもんねー」

「そういうこと言ってやるなよ」大日向は僕を見ないで言った。

小川楓は顔を下げたまま机を離れて、隣の井上の背中に腕を回し、鳩尾（みぞおち）のあたりにすがりついた。乱されてアーチを浮かせた色素の薄い細い髪が、窓から斜めに差す午後の光を透かしている。僕はそこから目を離せないでいた。

その時、勢いよく開いた教室の引き戸が枠を叩くすごい音がした。クラス中が一斉にそっちを向くと、半分顔を出した名取の元に、戸がゆっくり返っていくところだ。タブレットの入ったカゴを持ってたんで止められなかったらしく、そのあとずっと平謝りしてた。

向き直ると、小川楓は井上の懐にもぐりこんだままだった。横髪のわずかな隙間から何回か、瞬（まばた）きともいえない緩慢な目の閉じたり開いたりが見えた。その瞳は、セーターに睫毛が触れるほどの間近で、潤（うる）むような光を放っていた。宿っている情を読み取るのは簡単だった——退屈。喜びや怒り、哀しみにふれた時と何ら変わりなく、退屈を漲（みなぎ）らせてさえ小川楓の瞳は輝いていた。

月曜日、八時に起きて、今日も体調が優れないことを祖父母に告げてまた部屋にこもった。もちろん学校への電話も頼んだ。僕は今、学校の誰にも関わるわけにはいかないんだ。

とりあえず、まだまだ口の渇く気配はないし、いけるとこまでいってみよう。僕の部屋は西向きな上に、三階まである真新しい隣家のせいであんまり光も入らないんで、朝から晩まで電気をつけとかなきゃいけない。窓を覗くと、若い夫婦と男の子が住む隣家の小窓が見える。三階の方には目隠しなのか忘れられているのか、一年中、紙製の青いこいのぼりが斜めに張り付いてて、こどもの日にもそこにある。すりガラスなんだけど、目玉がはっきりわかるぐらいにぴったり張り付いてるんだ。僕はあの目玉がどうにも好きになれなくて、日中もなけなしの光を求めてカーテンを開けておくなんてことは絶対にしない。

その日の僕もこの部屋で、班長に言われたことを考えていた。行きたいところなんてないけど、東京と聞けば思い出すことが一つだけあった。それについて考えながら、小川楓のあの目、陰気な部屋を毒さない光を何度も思い浮かべた。そこから芽吹いた計画については、どうせ班のみんなにも話さなきゃいけないことだから、ここで明かさなくてもいいだろう。

というわけで、僕が小川楓を撃ち抜いてから二日後、ロングホームルームの時間だ。

修学旅行二日目の全日自由行動は三年前の代が勝ち取ったものだというのは有名な話だ。それより前は、GPS機能付きの携帯電話を班に一台持たされた上で、旅程の中に先生たちの常駐するチェックポイントを必ず組み込まなければいけない半自由行動だったらしい。

「あの時は盛り上がったぞ」名取は腕組みしたまま、いかにも懐かしそうに言った。「全校投票なんてめったにないからな」

生徒たちはすでに班ごとに分かれてはいたけど、思い思いの向きや体勢で、雑談とも説明ともつかない話を耳に入れていた。

「それって、先生たち的にはどういう感じだったんすか？」教室の真ん中あたりで西山が気安く訊いた。こいつはありとあらゆる環境適応の結果〈で〉が言えなくなってしまったんだ。「余計なことしてくれたなって感じすか？」よくよく耳を澄ませてみると、ヘビの足の名残みたいな〈で〉の赤ちゃんがいなくもないんだけど、文字起こしは不可能だ。

「余計か」名取はうなずきと笑いを繰り返しながら「そりゃ、面倒なこともあるよ」と弱音を響かせ、二、三歩、西山から遠ざかるようにゆっくり歩いて教卓の端に手をかけた。「学校としては君たちのこと、それからもちろん、学校を信頼して君たちを預ける保護者のことを考えなきゃいかん。君たちの自由を制限したくない一方で、安全を守る義務があるのは変わらない。仕方ない、一人ひとりにＧＰＳ発信器を持たせて万が一に備えようかと考える。班ごとに一台の携帯じゃ、過去に色々問題もあったんでな。ＧＰＳもだいぶ安くレンタルできるようになったとはいえ、もちろん金はかかる」苦虫をかみつぶしたような顔を即座に作って「余計にだ」と嘆くサービス精神にあてられて、生徒たちは気分よくからかい混じりの笑いを漏らした。

「旧態依然の学校に業を煮やした生徒が声を上げ、変革を促し、勝ち取った権利」ものものしく切られた言葉は、笑いを鎮める代わりに興味を引いて、誇示するように顔を向けていなかった者たちもいつの間にか耳をそばだてている。だから一転して「そんな風に君たちは思うわけだ」という挑発は、そのうちの何人かをついに振り向かせた。

いつものように教室の後ろ隅にいた僕ら三班のとこからは、そういう様子がよくわかった。井上と小川楓も、途中からお喋りをやめて名取の方を見ていた。

「でもな」名取はたっぷり間を置いて、教室全体を見回した。「実のところはそう単純でもない。説明会でもさんざん配ったから、その時の新聞記事を読んだことがある奴も多いだろうが」

ぐっと真剣になる顔つきの多さが、発言の正当性を証明する。実際、僕も「修学旅行かえた生徒の声　勝ち取った東京での一日」って見出しを覚えてた。入学の志望理由にする生徒も多いと聞くし、学校もそれを売りにしているんだ。

「議論の場面の臨場感もあって、実にわかりやすい面白い記事だったろう。あれを書くために記者の方がどのくらい努力してくださったか」しみじみ言ったところで急に手を後ろに組み、教室中央に体を向けた。「西山、お前わかるか」

西山は予期せぬ質問にうろたえながらも、生来の緊張感のない声で「どういうことすか」と言った。

「その記者の方は、その修学旅行の自由行動の議題が提案された一番最初の生徒集会から参加して取材してくれたんだよ」

「はい」

「生徒集会に一回目から同席してくれるなんて、熱心な新聞記者だろ」

「はい」

わけもわからず会話をしている西山をよそに、教室のあちこちで顔が見合う。名取は鷹揚な笑いで西山との会話を打ち切って、少し高い声色で全体を相手にする意思を示した。「生徒から話が持ち上がるのが五年早かったら、そもそもそんな生徒集会も開かれなかったはずだ。予算オーバーでな」と、これはあからさまに馬鹿にするようにちょっと笑った。「技術とサービスの発展が君たちの願望を叶えつつ、こちらの負担を減らす。保護者の安心につながるなら、そして君たちが自主的にそれを必要とするなら、学校は努力を惜しまない。なぜなら、その努力はそのまま世間へのアピールになるからだ。持ちつ持たれつだよ。だから」息を抜くのと同時に、声のトーンが落とされた。「何か問題が起こっても、学校側は君たちのせいにすることはない。全てこちらの責任だ。ただ、それで割を食うのは後輩たちだ。次は大丈夫ってほど世間は甘くないからな」と言い終わらぬうちに、話を締める時はいつもそうするように大きく一度、手を叩いた。「だから、計画だけはきちんと立てろ。そして、今聞いた話は忘れろ」

何事もなかったかのように、名取は隅っこに椅子を引っ張っていくと、どこかもったいぶった動きで腰かけ、足を組んだ。遠慮がちに当たり障りない会話を始めた生徒たちは、教室にじわじわ活気が戻るのを待ってから顔を寄せ、おっかなびっくり話題をそこに差し向けていくようだった。三班もだいたい同じだ。井上が、中身ごと丸めたクリアファイルを筒にして、誰に言うでもなく場に投げかけた。

「今の話って、どういうこと?」

「うわ」と大日向が蔑むような声を出した。「ここにも西山がいるじゃん」

「いや、確認、確認」井上がクリアファイルを振りながら言う。「全部なに、計算通りってこと？」

「最初から自由行動にするつもりで新聞記者に宣伝記事も書かせて。生徒は学校の掌の上で泳がされてるだけ――」いちいち説明するのが気恥ずかしくなったのか、大日向はそこで急に言葉を止めるように終わらせた。「ってこと」

「でもそれをわざわざ言う？」小川楓は足を組んで座っていた。スカートは模範的な膝下丈だから何にも際どいところはない。後ろに傾いだ頭の下に両手を回し、空気を含ませてやるようにうなじの辺りで上下に動かすと、長い髪が大きく揺れて背もたれを叩いた。「大人の事情をエサにして喜ばせて、プレッシャーも与えてってことでしょ？」

今更だけど、こういう会話はそっくりそのままってわけにはもちろんいかない。でもいくつか、言葉から何からはっきり覚えてるやつもある。そういうのは暗くて長い廊下に点々とついてる照明みたいなもんだ。僕の描写が発作的に細かくなるのは、そいつをかっかさせて前後の会話を必死で照らし出そうとしてるからなんだ。

「あ、そういうこと？」と井上が感心したように言った。「ぜんぜん考えなかった」

「名取ってそういう奴だからな」と大日向も同調した。「でも、オレらが受験する時の進路指導ってどうせ名取だぜ」

部の先輩から仕入れたという情報によると、高三になると名取は担任から外れて、学年全体の進路指導に専念するとのことだ。僕はそんなのぜんぜん知らなかった。

「目ぇつけられたら、担任との面談にも同席してくるらしい」

ゆがめた顔を横に振る小川楓の肩をさすりながら、井上は「今はそうでもないけど、三年になったらめちゃくちゃ言われそう」と言った。「言われないのは蔵並くんぐらいじゃない？」

「いや、言われるよ」蔵並は沈んだ調子の声を出した。「もう今の段階で言われてるし。面談で」

「蔵並くんなんか一番言われるに決まってんじゃん」

「ウソ、そうなの」井上は驚きながら「あたし何も言われなかったんだけど」と自分の話を始めた。「とりあえずやりたいことを見つけろ、見つからないなら考えろ、それとは関係なく勉強しとけ、みたいな」

「わたしも」と小川楓が言った。「期待されてないから。畠中さんは？」

「私もあんまり。英語をがんばったら選択肢が広がるとか、それぐらい」

「それ、まったく同じ」と大日向は嬉しそうに畠中さんを見やった。「そこそこの奴は、そこそこの私立に行ってくれりゃいいんだよ、学校側としては」

「学校側」畠中さんが小さな声で言った。「闇だ」

自分にもお鉢が回ってくるんじゃないかという心配は無用だった。僕に訊いたら松にも訊かなきゃいけなくなるから、僕の手前で堰き止めるのが一番いいんだ。松にそんなこと訊いたって仕方ないからさ。仕方ないことはないいんだけど、こういう流れで改まって訊くと、かなりの負担がかかって、変な感じにいたたまれなくなるに決まってるんだ。まあ、そんなの全く関係なく、単純に僕に興味がないからかも知れないんだけど。

「でもさ、修学旅行はまるまる一日が自由行動になったんだから別によくない？」井上は丸めたクリアファイルの角を凝視しながら言った。一瞬ぽかんと静かになったところに「ごめん、さっきの話ね」と挟み込んで続ける。「うちのお姉ちゃんも修学旅行、東京だったんだけど、自由行動は四時間しかなかったってうらやましがってたもん。学校はわかってやってましたとか言われても、どっちみち一緒だから知らんし。知らんのだけど？」

「オレに言うなよ」視線を向けられた大日向が言う。「あとこれ、ずっと喋ってるだけでいいのか？」

「ダメに決まってんじゃん」井上は慌てて立ち上がった。「それではアンケートをとります」と言って癖のついたクリアファイルから小さなメモ用紙を出して、全員に配り始める。「一昨日言ってた行きたい場所のやつ。名前書いてね」

「これ、わざわざ書く意味あんのか？」と大日向が訊く。

「みんながみんな」と言って井上はちょっと間を空けた。「遠慮なく意見を言えるわけじゃないんで」

大日向はいったん口を結んで「そうか」と言った。

それぞれ手近な机にすがりつくようにして希望地を書きながら、話は続く。

「実際、自由行動ってどれくらい自由？」さっさと書き終えたらしい小川楓が大日向を見た。

「なんか知ってる？」

「去年の先輩の話では」大日向は器用にペンを回しながら言った。「東京とか新宿とか要所の駅に先生が待機してるだけだって。どこの班も先生には一回も会わなかったらしい」

　下を向いたまま感心の声が上がる中、僕もちょっと穏やかじゃいられなくなった。

「時間余って同じ施設のカラオケ行ったのもバレなかったとか言ってたから、ＧＰＳもそこまで細かく見てないっぽいって」

「えー」井上は眉をひそめた。「東京でカラオケ行ってもしょうがなくない？」

「だから、そんなんオレに言われても」

　メモ紙が班長のもとに戻された。井上は何枚かめくったところで一枚を取り出してぴらぴら振った。「まず、この「韓国コスメ」っていうのは場所じゃないし、無記名なので却下しまーす」と言いながら背後に投げ捨てる。

「ちょっと！」小川楓が席から滑り落ちるように拾いに行く。「ひどい」と漏らした声はあんまり抑揚がなかった。

「あと、これ」井上は何度も裏と表を確認して不機嫌そうに言った。「白紙なんですけど、誰ですか。ちゃんとやってもらえます？」

　大日向が体を斜めにしてまっすぐ高く手を挙げた。

「なんで？」

「あんま行きたい場所とかないんだよ。母親の実家が東京だからしょっちゅう行ってるし。どうせ全員が行きたいとこなんて回れないだろ？　オレのはいいよ」

「自慢だ、自慢」野次を飛ばしながら席に戻った小川楓は「班長、自慢はいいんですか」と気のない訴えを済ますと足を組み、裾から出した膝頭にスマートフォンを据えて、何やら調べ始めた。

「自慢は可」

「自慢じゃねーし」

「あと、希望なしも可」と井上は言った。「でも、白紙で名前書かない意味はわかんない。言ってんのに。むかついてきたね」

「わるい、わるい」と大日向は紙を受け取った。

「えーとじゃあ、次」井上は気にもとめずに次の紙を読み上げた。「東京タワー、これは蔵並くん。タワーでいいの？　スカイツリーじゃなくて？」

「スカイツリーは行ったことある」

「あ、そう」

「オレもタワーは行ったことないな」大日向が名前を書きながら言う。「いいかも」

「静かにしてください。えーと、次、結衣ちゃん」声を弾ませて井上は言った。「いや、畠中さん。上野動物園か葛西臨海水族館」

「奈緒ちゃん」畠中さんが遠慮がちに手を上げて「園、園」と宙にその字を書いて訂正した。

「水族園」

「あ、そうなの？」と紙を見返す。「ほんとだ、ごめん。水族のあと館じゃないことある？ 野外ってこと？ 野外だと園だ？」

「そこまで知らないけど、そう書いてあったよ」

「なるほどですね」急に真面目な口調で言って咳払いしたのに「あと水族も何？ むかついてきた」と続けるから軽い笑いが起こった。僕も笑えばよかった。なんだか今になって、忌憚ないおしゃべりに敬意を表しておけばよかったと思うんだ。「じゃあ次、あ、待って！ 誰かタブレットのマップに、今言った場所入れてくんない？ 班のでログインして」

タブレットの近くにいた蔵並が手に取った。「やるよ」

「感謝」妙な礼を言いながら蔵並にメモ紙を渡す井上の逆の手に、小川楓が書き直したらしい紙を突き刺すように押しつける。井上はうるさそうにそれを取って読み上げた。

「次、小川さん。はいはい、新大久保ね」

「どこ？」と大日向が訊く。「聞いたことないな」

「え、知らないの、意外」と井上が言った。「コリアンタウンよ」

「だから韓国コスメか」

「わたしも詳しい場所は知らないけど」小川楓はセーターの袖を握り込んだ手を上げて言った。「そんなに長居しなくてもいいから、おみやげ買いに行く感じで。ほかの観光には興味ありません」

「ちなみに」井上は前置きして、蔵並の前に紙を二枚置いた。「新大久保は私からの希望であったりなどします」

「班長もコスメ目的？」と大日向が訊く。

「いかにも」

「示し合わせてたのか」

「班長の立場として正直に申し上げると、示し合わせてはいましたが、行き先は多数決ではなく話し合いで決めるので、それで有利になるとかではありません。小川さんとは五年連続で同じクラスの腐れ縁として示し合わせただけで、他意はなく——」

「新大久保って、ほとんど新宿だな」

そんな意図はなかっただろうけど、タブレットを操作していた蔵並が演説の腰を折って、井上は呆れた顔でそっちを指さした。もちろん見ていない蔵並の横に小川楓が駆け込んできて
「新宿と東京って遠い？」と訊きながら肩越しに覗き込んだ。

小川楓の長い髪の一束が、蔵並の左肩から背中にかけてかかっていた。そういうのってどうなんだろう？　普通、そんなことにはならないように気をつけるもんじゃないのかな？　だって、どんなに長くても髪は自分の体の一部なんだしさ。わざとやってるんだろうか？　何のために？　とにかく僕はそれを、近すぎも遠すぎもしない絶妙な、なんて言っていいかな、一番興奮する距離で目にしてたんだな。

「遠くはない」蔵並は小川楓の髪が背中にかかっているとは思ってもいない感じだった。

「誰か電車の移動、調べてよ」

畠中さんがスマホを出したのを確認すると、井上は次の紙に目を落とした。大日向はあらぬ方を見ている。つまり、小川楓の髪がどうとか気にしているのは僕だけだったんだ——みたいな合点と安堵をした瞬間、自分の後ろに松がいることを急に思い出した。恐る恐る振り返ると、松はしばらくずっとそのままでいたに違いない、だらけた座り方でそこにいた。相変わらずかさついたまぶたの下の黒目がちな瞳が、僕に向けられていた。

「次、佐田くん」という班長の声で僕は前を向いた。井上はちょっとためらうように「うらわ美術館」と読み上げると、顔を上げて僕を見た。「ってどこ?」

「浦和って埼玉じゃね?」と大日向が言った。

「ダメなのかな?」と僕は井上に問いかけた。

「知らないけど」

「なんかやってるの?」小川楓はもう蔵並の後ろにまっすぐ立っていた。「見たい展示とか」

「さあ」僕はしらを切ってから「でも、変えるから」と言った。腰を上げて腕を伸ばし、井上の手から紙を取った。

「あ、でも一応、先生に訊いてみたら?」井上は、僕がふてくされたと思ったみたいだった。確かに態度は悪かった。でもそうじゃなくて、なんだか無性に興奮してたんだ。

「いや、変える」とくり返して、僕は横の机に向かった。

井上は紙を持っていた形のまま指を崩さず、僕を不思議そうに見下ろしている。みんなもきょとんとしていたはずだ。普段はろくに喋らない奴が変なこと言い始めてさ。震えそうな手に力を込めて二重線を引き、余白に新たな場所を書いた。もう後戻りはできない。みんなの視線が、僕の渡す紙を追いかけて班長の手元に集まる。

「日野」読み上げたあと、井上はおずおずこっちに視線を上げた。「ってどこ?」

「どこだろう」と僕も言って、タブレットで調べてくれないもんかと蔵並を見た。

「唖然」と井上が言う。唖然としたって意味なんだろう。

「知らないのに行きたいの?」小川楓も半笑いで言った。「どういうこと?」

「日野ってかなり遠いけど」蔵並はタブレットを僕に渡した。「何があるんだ」

確かに、東京と日野はかなり離れていた。いくつか立てられたピンからもだいぶ西で、電車で行くにも時間がかかりそうだ。井上と小川楓、それに大日向が僕の後ろに回って覗き見てきた。距離があったし、背中に髪はかかっていなかっただろう。

「みんなは行かなくていい」と僕は言った。「勝手に一人で行くから」

「単独行動ってこと? 造反?」班長として黙っていられない井上が後ろから声を浴びせてきた。「でもGPSって一人ひとりに渡されるんだよ」

「これは大変だ」小川楓は笑い混じりの声だった。

「GPSだけ誰かが代わりに持ってくれればいいよ。先生にも会わないならバレないはずだ」

ちょっと呆れたような、冷めた雰囲気になるのを感じた。

「目的は?」と大日向が言った。「そんなよく知らないとこにわざわざ行きたいって」

「一人になりたいとか?」小川楓が隣の井上に向かってからかうように言うと、僕の後ろから外れた。「団体行動なんてクソ食らえ、みたいな?」

「佐田くんって、そんな面倒くさい人だったっけ?」井上もふざけた感じで応じながら、席に戻った。

「用事があるんだ」

「何の?」とすぐさま蔵並が言った。ちょっといらついてる様子だった。

「それはまだ言えない。だから、とりあえず数に入れなくていい」

「思わせぶりだね」小川楓がますます楽しそうに言うんで、僕は励まされていた。「俄然、気になるじゃん」

「ガゼン」面白げにくり返しながら元の場所に戻った井上が「ってことは」と僕に言う。「みんなで行くとこの候補には入れなくていいの?」

「いいよ」このへん、ちょっと自嘲的になっていたのがよくなかったかも知れない。「みんなで行く意味なんかないから」

「自分には意味があるのか?」

蔵並の食ってかかるような低い声に、大日向が井上や小川楓と目配せし合っているのが見えた。畠中さんは心配そうに僕を見ている。

「あるよ」蔵並の目を見据えて言うと、向こうもじっと見返してきた。疑念や敵意を少しずつ流し込もうとするような視線。僕の方ではそれを拒んだ。

「じゃあ、この日野ってとこはとりあえず保留」間に入ってくれたんだろうけど、井上の声は明らかに面倒くさそうだった。「とりあえず、他の場所の中から決めます」

「松のは？」僕は井上を見てから、後ろを振り返った。「松の行きたいところ」

松は日によってよく喋ったり、ぼっとしてることが多かったりした。みんなそれを調子がいいとかわるいとか言ってて、今日はかなりわるい日らしかった。それでいて話を聞いていないわけでもないようで、笑顔で僕を見ている。感謝なのか、たまたまそういう表情になっているだけなのかもよくわからない。

「そうだ、ごめん」と井上は言った。「松くんは、ちょっと違うこと書いてくれてたから、最後に発表しようと思ってたんだ。佐田くんが変なこと言い出すから忘れたじゃん。松くん、ごめんね」松へ手を合わせたあと、最後のメモ紙をわざわざ両手で持ち、顔の前に掲げた。

松は背筋を伸ばして、さあ来いって感じでそれを見ていた。

「松くんの希望。みんなの行きたいところ」

感心とも困惑ともつかない声が上がったあと、大日向が「オレと一緒じゃね？」と言った。松は井上に向かって、掌を上にした腕をぴんと伸ばした。

「ぼ、ぼ、ぼぼぼくも、変えたい」

井上は苦笑いしつつ、歩み寄って紙を渡した。松はそれを横の机に置くと、覆い被さるように作業を始めた。乱暴に消しゴムを動かしてシャーペンをぎこちなく走らせるのを見守るしかなかった。

松は急に立ち上がると、どこか誇らしげに笑いながらずんずんやって来て、井上に紙を差し出した。紙はもうくしゃくしゃだった。井上は受け取って見るなり、自分じゃ手に負えないと思ったのか、みんなに近い机に置いた。

きれいに消えたとは言いがたい「みんな」の文字の上に、濃く角張った筆跡で「佐田くん」と書かれていた。改めて班長が言った。

「佐田くんの行きたいところ」

それから数日後の話し合いは情報室で行われた。予定の組めた班はエクセルで予定表を作成の上、プリントアウトしたものを提出せよとのことだ。将来のためにデジタルスキルをという親心あふれる教育なんだ。

提出した予定表はまず各担任が確認して、後で他の先生も含めた審査があるらしい。〈佐田くんの行きたいところ〉として、うらわ美術館が残された。いつの間にか名取に質問してくれていた井上によれば、横浜に行こうが伊豆に行こうがスケジュールとして成立していれば問題はないということだ。「そもそもホテルが千葉にあるんだぞ」って笑われたらしく、だいぶ怒ってた。畠中さんの希望した葛西臨海水族園は、ホテルのある新浦安駅に近いという理由で行くことに決まった。

それらを適当に並べて、新宿で降りてみようとか新大久保まで歩こうとか微調整して乗換案内アプリを嚙ませたところ、一日のスケジュールにあっけなく収まった。他班がまだあれこれ言い合っている中、蔵並が予定を打ち込んでプリントアウトする。

「ほんとにこれでいいのね？」

井上がペラ一枚をつまみながら言った確認は、僕に向けられていた気がする。あれ以来、僕が一人で日野に行くとかいう話は何にも触れられないままだったから。なのに僕は、黙って軽くうなずいた。

しばらくして名取の元から戻ってきた井上は、渋い顔でプリントを投げた。何やら、赤ペンでチェックがされている。

「途中の乗換駅とか時間とか電車とか全部書けとか言われたんだけど」

「それは書いておいた方がいいと思う」

言いながら蔵並は、もうパソコンで該当箇所に改行を入れ始めた。畠中さんがスマホで乗換案内アプリを手際よく操作して蔵並に示す。僕の与太話なんか無かったみたいに手際よく事が運ぶんだ。

「あとなんか新宿散策して新大久保に行くとこ、歌舞伎町？　通るからダメだって」

「え」小川楓が慌てる。「それ先に言ってよ」

「NGの場所がいくつかあるんだって。それこそ先に言ってじゃない？」そこで井上はぎゅっと片目をつむり、記憶を絞り出すように「だから、なんだっけなあ」と呻（うめ）いて腕組みした。「最初から新大久保で下車するか？　そんなに新宿が見たいんなら？　新宿に行ったあとまた山手線に乗って？　新大久保に行けって」

「そんなん、わかりゃしないだろ」絨毯にしゃがみこんでいた大日向は、さっきから短い毛足をつまみ上げて妙な音を立てていた。「距離的に十分ぐらい歩くだけじゃん」

「それ言った。そんなのわかんなくないですかって」

「名取に？　すげえな」

「そしたら、その時間に合わせてGPSで確認するって脅された。そういう使い方するらしい」

「でも」と小川楓が自分のスマホを見ながら言う。「誰も新宿行きたいわけじゃないし、別になくしちゃっていいんじゃない？　一応で入れたけど」

「えーじゃあ、浦和からいきなり新大久保にする？　ごはんもそこで食べ歩きにしちゃって。みんな、それでいい？　もうなんでもいいね？」

　面倒が勝ってきた班長の言うままに、予定は次のように書き換えられた。

9時30分　ホテル出発
9時34分　新浦安駅発（JR京葉線快速　東京行）
9時50分　東京駅着・乗換
10時09分　東京駅発（JR上野東京ライン　高崎行）
10時34分　浦和駅着
10時40分　うらわ美術館到着・見学
11時10分　うらわ美術館出発

11時19分　浦和駅発（ＪＲ湘南新宿ライン　逗子行）
11時39分　池袋駅着・乗換
11時43分　池袋駅発（ＪＲ山手線内回り　新宿・渋谷方面）
11時49分　新大久保駅着・新大久保散策・昼食
13時19分　新大久保駅発（ＪＲ山手線内回り　新宿・渋谷方面）
13時23分　代々木駅着・乗換
13時32分　代々木駅発（都営大江戸線　六本木・大門方面）
13時43分　赤羽橋駅着
13時50分　東京タワー到着・見学
14時20分　東京タワー出発
14時29分　神谷町駅発（東京メトロ日比谷線　北千住行）
14時42分　八丁堀駅着・乗換
14時48分　八丁堀駅発（ＪＲ武蔵野線　府中本町行）
14時59分　葛西臨海公園駅着
15時05分　葛西臨海水族園到着・見学
16時30分　葛西臨海水族園出発
16時39分　葛西臨海公園駅発（ＪＲ武蔵野線　府中本町行）
16時45分　新浦安駅着

16時50分　ホテル到着

それで再提出したら、名取の審査はあっさり通ってしまった。数十分の時間を残してやることがなくなった我らが三班は、雑談するだけになった。

「あと名取が、うらわ美術館では何の展示がやってるんだって言ってたよ」

「なんて説明した？」と大日向が心配そうに言った。

「わかんないですけど、松くんの希望なので行きたいんです」井上は抑揚のない返答を再現した。「あとで調べます」

「機転きくなぁ」

松はキャスター付きの椅子に深く座って満足げにうなずいていた。自分のおかげで難を逃れたってことがうれしいのかも知れない。

「で」と大きく言って、大日向は僕を見た。「実際、何がやってんの？」

「知らない」

賢明なことに大日向は信じていない様子だった。あと、あんまりいい気もしなかったらしく「秘密主義なんだからな」と言って立ち上がると、腰に手をあてて反らせながら呻きに言葉をのせた。「佐田くんは」

気を利かせた蔵並がグーグルを開くのが見えた。パソコンとかタブレットとかを持たせると、こいつはやたらと気を利かせまくるんだ。あっという間に、僕が家でさんざん見たページに飛んだ。修学旅行の日の展示は、「大・タイガー立石展　世界を描きつくせ！」と予告されている。フライヤーが表示されると、へえと声が上がった。つまりこの時まで、誰も僕が行きたいとこなんか調べもしなかったってことだ。

「タイガー立石」井上が棒読みしたあと「って誰？」と僕を見る。「プロレスラー？」

フライヤーには、鮮やかな黄色をしたトラが、顔を隠して丸まったトラが、それがこなれてスイカのようになったものが、スイカが割れてトラの出てくるところが、宙に円く並んでいる絵が描かれていた。

「かわいい」後ろの方で畠中さんが独り言のように言った。「トラがいっぱい」

「松くん、こういうの好きそうじゃない？」と井上が何気なく言った。

「なんで？」大日向の声は笑い交じりだった。

「や、なんとなく」短く言葉を詰めた井上は首を一度だけ、すごい速さで横に振った。口から先に生まれるのも大変だ。「だって、松くんの希望で行くことになってんだから知っといてもらわなきゃ」とよく喋って松の方を振り返る。「ねえ、松くん、興味深くない？　どう？」

松は膝についた手を突っ張って、真剣な表情で画面を見つめていたけど、今日はっていうか今日も調子のわるい日で、絵に対する印象は口にしなかった。いい日の方が珍しいんだ。

「この展示が見たい？」

出し抜けに蔵並が言った。画面をじっと見つめながらだけど、当然、僕に向かってだろう。それをわざわざ教えてくれるみたいに、井上と大日向が顔を向けるのが横目に見えた。

「この展示が見たい」と僕は言った。

本当なのに、鸚鵡返しのはぐらかしに聞こえたんだろう。蔵並はむっつり黙りこんだ。訊き方が悪いんだ。なんだか頭にきて、僕の耳の下のリンパのあたりにさらなる本当が装塡された。でも、蔵並なんかに訊かれたって言うつもりはなかった。

「どうして見たいの？」と口を開いたのは小川楓だった。画面を見上げながら「教えてよ」って囁くような声まで出した。

「母親が好きだった」と僕は本当を言った。「もう死んだけど」

案の定、みんな黙りこくった。家の事情はクラスの誰にも話したことはなかった。話したってしょうがないからだ。そして、そんなことを話さないって決めたら、他のことを話す意味もなくなってしまったようだった。

母親は文化的な人だったらしく、大学時代にサダコって友達と二人、文学やら芸術やらアニメやら所構わず聖地巡礼をしていた。懐古趣味のスクラップアルバムがどっさり残ってるんだ。なんせ小さい頃に死んじゃって記憶もないから、僕にとって母親は、このアルバムの中ではっちゃけたり澄ましたり憂いたりしてる女子大生でしかない。五枚ほどトップレス写真まであるんだからいやになる。僕の部屋の本棚には今も彼女の揃えたマンガや小説や絵本や画集、写真集が収まっていて、タイガー立石もそのなんてことないコレクションの一つというわけだ。例えばアルバムには〈つげ義春『貧困旅行記』巡礼〉なんてものがあって、なんてことなさすぎてまいっちゃうんだけど、文化的観点からして興味深いもんがゼロってわけじゃない。つげ義春は千葉の市原かどっかで好事家が営んでた明治資料館を訪れてるんだけど、そこは後でタイガー立石の住居兼アトリエになったらしく、母親とサダコはそこをバックに写真を撮ってるんだ。困ったことにトップレスの一枚はその写真で、「故大河亞さまのアトリエ」なんてふざけたキャプションがついている。

そういうことを班のみんなに話したってしょうがない。かいつまんだ伝記的プロフィールを同情引くべく紹介しようとしたら、タイミング悪く向かいのパソコンを他班の男子連中が使い始めた。本庄大雅と津原恭平っていう、端的に言うとがさつで、一年通して野球部のアンダーシャツがはみ出てる奴らだ。でもこういう紹介は不公平だから、美点も一つずつ挙げておこう。本庄の「死んだ男」の朗読はなかなか聞かせたし、津原が折りたたみ傘をきれいに畳もうとしてるのを一度だけ見たことがある。だからって、個人的な話を小耳に挟ませようとは思わない。

「席、替わってくれ」と蔵並に声をかけた。僕はちゃんと声をかけたんだ。

三班がいるのは壁際で、隣の班からも離れてた。教室の前方にあるパソコンからは全てをモニタリングできるだろうけど、名取はデスクの端でまたぞろ採点らしき作業をしている。蔵並が大人しく空けてくれた席に座ったら尻が熱くてたまらなかった。みんなの輪が狭まって、蒸し焼きになりそうな不安に駆られた。

打ち込まれたスケジュールをスクロールして離れ、横幅のあるマスをクリックする。と、マウスをつかんでる僕の手のすぐ横へ、床に正座した小川楓が顎をのっけてきた。ディスプレイを見上げる彼女の見えも聞こえもしない微かな鼻息が小指の横の弱い皮膚をくすぐって、僕の右手がキーボードに飛び退いた。

生まれてこの方、こんな状況で文を書いたことなんてなかった。尻に火もついてるし、松の心配をするのも忘れてたんだ。気付いたのは、畠中さんがぼんやりしている松に声をかけて、椅子ごと突っ込むスペースを空けたからだ。本当はこういう場面ばかり簡潔に書いて穏やかな一日を過ごしたいのに、向こうにいる津原がパソコンの隙間から小川楓を凝視してるのが目に入った。手前にある画面の端をじっと見てる振りしてしらじらしい。僕はすっかり後悔しながら始めた。

【三歳の時に死んだから、母親の記憶はほとんどない。】

しかも、そのキーボードは打ちにくいったらありゃしなかった。打ちやすすぎると言った方が正しいか。雲の上を歩いてるみたいって子供っぽい喩えがぴったりな代物で、生きた心地がしないんだ。それでも続けていれば一行が二行になり、文字で埋まったマスが下に広がっていった。せいぜい思い出しながら下手に書くとしよう。

【今も、家に母親が遺したタイガー立石のマンガや絵本がたくさんある。】

一回目の変換で「遺した」が出る学校のパソコンってのはどうなんだろう。当然「残した」って書くつもりの打ち間違いなんだけど、あまりにも正しいからわざわざ直すこともできない。

「打つの速くない？」と井上がつぶやいた。「打ち込む役、佐田くんがやればよかったんじゃない？」

「蔵並もけっこう速かったけど」と大日向が言った。「それよりもだな」

「でも、速すぎて重みがなくない？」

小川楓が何気なしにそう言った時の僕は、大日向が返答に困って気まずそうにしたのとは裏腹に、生きてきて一番うれしいぐらいだった。それまでの一番は、幼稚園の時に脱走したモルモットが僕のロッカーへ一目散に逃げ込み、籠城してみんなを困らせた時だ。あいつはそんなこと知らなかっただろうけど、幼稚園で両親がいないのはたぶん僕だけだった。だから僕のロッカーに入ったんだと思った。あれからしばらく、自分の育ちを思い知る出来事があるたび、あいつが僕のロッカーの隅で踏ん張ってる姿を思い浮かべた。おかげで、今じゃあっけらかんとしたもんだ。そして今、そんなこと知らないはずの小川楓が、母親がいない話をした僕に「重みがなくない？」と言ってくれる。そういう偶然が、かろうじてこの世をまともな姿に保ってるような気がしてならないんだ。表面張力みたいにさ。

津原は小川楓をぼうっと見つめているだけだ。そういう時の思い詰めたような何も考えてないような顔つきって、かなりきついものがある。でもそれは小川楓が僕の書いてる文を見てる証拠でもあったから、あんまり腹も立たなかった。どころか僕はいい気になって、特に操作の用もないのに彼女の目の前にあるマウスをつかんだ。なんだか津原の脂っぽい鼻をぎゅっとつかむような気がした。小川楓は遠慮してちょっと息を詰めたみたいで、さっきより微かな息を感じたのはしばらく経ってからだった。

「それなら、美術館に行けばいいだろ」

蔵並が訊くせいで津原の反応は見損なった。こう色々やってたとこを見ると、僕は意外と余裕があったらしい。

【母親が死んで、祖父母に育てられた。母親は三人兄弟で、おじさんとおばさんもよくしてくれた。】

「お父さんは？」言ってから、井上は自分の口をふさいで、教室に目を走らせた。別にそれだけじゃ何にもわからないだろう。向かいの津原も、今は本庄に引っ張り込まれてまともに画面を見ながらごそごそ喋っていた。僕は書いて答える。文字で埋まったマスは、横長の長方形からほとんど正方形になっている。

【生まれてすぐに離婚したらしいから、父親はいない。】

「う、ごめん」

【いいよ、別に。】

「それも書くんだ」

井上が言うとみんなの笑いが漏れた。いや、蔵並のは聞こえなかった。松のは聞こえた。意外にちゃんとついてきてるらしい。

【おばさんはしばらく一緒に住んでたし、おじさんは家を出てたけど、里帰りするたびに遊んでくれた。けど、中三の正月を最後に帰って来なくなった。おじさんは今、日野に住んでる。】

津原と本庄が呼ばれて班のところに戻った。

それを待っていたかのように、大日向が「会いに行くってことか」と小さく声を弾ませた。

「いいんじゃゃない？」小川楓の息が僕の手元に微かにかかる。「佐田くんの好きにしたら」

「いや」蔵並の声は、それでもちょっと角が取れていた。同情したのか、小川楓に言うからかはわからない。「それを修学旅行でやらなきゃいけないのかって話で」

「一人で東京なんて行けないからでしょ？」と井上が擁護する。「子供だし」

「家族で一緒に行けばいい。大事なことなんだから、時間つくってもらって。それぐらいしてくれる」

【しれくれない。】

「なんでだよ」蔵並は即座に言った。

その横で、井上が「打ち間違えてるよ」と遠慮なく言った。

だって、キーの間隔が狭くて調子が狂うんだ。書き出しの言葉なんて何度も打ち間違えてたし、バックスペースも勝手が違うからいちいち位置を確認して消して、また同じ間違いをしてあせったり、とにかく多々タイプミスがあったんだ。そんな書吃音（かきつおん）——僕の無益な趣味の一つにカバン語の考案がある——を文面で再現するのは不可能だし、自分のパソコンで書いてる今ではその感覚も思い出せない。にしても僕は今、二つのパソコンについて書いてるわけだけど、そのパソコン同士が実際にネットを介して繋がることができるって考えると変な気分だ。今の僕には、情報室のパソコンはいかにもフィクショナルな存在に思えてならない。人間だってそうだ。明日、気まぐれに登校してみたら、実際に三班の連中と言葉を交わせるなんて信じられない。

話を逸（そ）らすのも限界だ。これから書くことは——つまりその時に情報室で書いたことは、誰にも明かしたくないことだった。でもこの世には、蔵並みたいにわざわざ書かなきゃわかんない奴が山ほどいるんだ。そんな風に書いてるってことはそう書くだけの事情があるんだってことを弁(わきま)えない、「なんでだよ」と言いながら表面張力を破いて中身を暴こうとする奴がさ。もちろん、何にも出るわけない。出たとして、それは隠されていたのとは異なるものだ。同じ涙でも湛えると流れるじゃ大違いっていう、そのへんの機微を何にもわかっちゃくれないんだ。これは超読者たれなんて空々しい訓戒じゃない。ある種の慎ましさというか、もっとマシな態度で読むべきじゃないかっていう自問自答だ。

【母親が死んだ時、おじさんは僕を引き取ろうとしたらしい。でも、仕事しながら男手一つで三歳の子を育てるなんて現実的じゃないし、祖父母の家にはおばさんもいたから、僕のことを考えたらありえない提案だった。そのことを初めて聞いたのが、中三の正月におじさんが帰ってきた時だ。おばさんが突然、軽い調子で話し始めたら、普段は温厚なおじさんが箸を投げて激怒した。僕はおじさんが怒るのを初めて見た。そのまま出て行って以来、おじさんには会ってない。話にも出ない。だからみんなで会いに行くなんて不可能だ。】

文字の塊はスクロールが必要なぐらいに縦長の長方形になっていた。それ以上書くつもりはなく、膨れたマスを選択してデリートキーに中指をかけ、六人の読者のために少しだけ時間をとる。僕は画面に目を向けながら焦点だけを奥に飛ばす。文字の集まりは立体視したところで何の像も結ばない。虚ろな目で軽々しいデリートキーを押さずに叩いた。一人の人間の身に起きることなんてたかが知れてるけど、とにかく今まで誰も知らなかったことがもう知られて、それがボタン一つでみな消える。でも、読んだからには消えやしない。証拠に、白いマスの海に戻った画面を眺めながら、みんな黙りこくっていた。旗色は悪くなかったけど、僕の顔色はどうだったか。消した後になって、そんなことを書いた後悔がこみ上げてきた。いつものことではあるけれど。

土曜の総合の授業が始まる時、名取はみんなの前で、三班の計画が学年の他の先生たちの審査も通ったことを伝えた。厳しい審査だとさんざん聞かされていた割には拍子抜けするくらいだったけど、まだどこに行くかさえ決めかねている他班を見ると、班員のこだわりのなさが影響しているのは明らかだった。

名取も他の班も情報室とか図書室とかパソコンの使える場所に行ってしまって、教室は三班だけになった。窓際後方はいつものことだけど、心なしか輪はきれいで広い感じがした。学年全体が同じように修学旅行の計画を立ててたから、廊下の人通りは多いけど、デリケートなことを話し合うには悪くない状況だ。

蔵並以外は協力的だった。そんな平日の昼間にちゃんと会えるのかと心配してくれたぐらいだ。おじさんは夜勤の仕事だろうから確率は高いだろうと僕は説明した。その間、蔵並は拳を口にあてがって黙っていた。

「逆に」息の勝った井上の声が下から聞こえて、腰をかがめて靴紐を結び直してるところだった。「蔵並くんはなんで反対？」と訊きながら顔だけ上げ、それから体を起こした。「そんなに佐田くんと東京観光したい？」

「そんなわけあるか」女子相手の言葉遣いが定まらないんだろう、ぎこちない返しのあとで「ほとんど喋ったことないし」と付け足した。

僕だって、蔵並とちゃんと会話した記憶は一度だけだ。校内の百人一首大会の三回戦かなんかで、札をちゃんと並べるように言われたんだ。別にごく普通に並べてたんだけど、間隔をそろえてくれとか、指一本分って書いてあっただろうとか細かいことをさ。誰が五色百人一首の説明書きを端まで読んでるっていうんだよ。

蔵並はちょうどその時みたいに、小さな声を絞り出すようにして言った。「万が一バレたらって考えてるだけで」

「バレたらバレたで、僕が勝手に行動したって言えばいい」頬杖ついてそっぽを向いたまま僕は言った。「実際そうだし」

「グループ行動だから、連帯責任になる」

「別によくない？」と井上が言った。型破りで頼りになる班長だ。

「よくない」蔵並はそっちを見ないで言った。「いいはずないだろ。なんでみんな、そんな暢気なんだよ」

「だってバレたら仕方ないし」

机の上に座っている小川楓は左右の足を交互に小さくぶらつかせている。そこは関根爽平って奴の机で、お尻がのってるのはいつもその坊主頭が突っ伏してるあたりだったから、実に気がかりだった。

「連帯責任で怒られても、佐田くんのせいだしって思ってたら痛くも痒くもないし。むしろ、佐田くんのために黙って怒られてるんだって思えたら気分いいかも」そこで、笑いながら井上に同意を求めるように調子を変えた。「あと、おもしろそう」

楽しそうに同意する井上をよそに、蔵並は険しい顔つきで床の一点を見つめている。女子たちがかまびすしいうちは、大人しく戦局を見守るのがよさそうだ。

「集合時間までに合流できたら大丈夫だって」小川楓も心配したのか、斜め後ろから蔵並の肩に手を置いた。「佐田くんもバカじゃないし」

気安いボディタッチに身を固くした蔵並の反応を待つ間に、廊下を歩く誰か先生と目が合ったらしい小川楓は、すべるように机から下りてそばの椅子に座った。スカートを押さえる時、裾についた何かのビニールくずに気付いた。

「それは、こっちじゃどうにもできない」と蔵並がやっと言った。「バカじゃなくても、何か問題が起きて戻れなかったら終わりだ」

「そんならさ」小川楓はビニールくずをつまむのに手間取って二の句が遅れた。静電気のせいらしい。「問題が起こらないように、蔵並くんもついて行ったら？」

「あ、いいかも」畠中さんが賛同して小川楓に笑いかけた。

「ね、それでしっかり管理してもらって」

「なんで」腹に据えかねたか、蔵並は女子相手でも果敢に語気を強めた。

その声でというより、反射的に臆した畠中さんの仕草で、緊張がさっと広がる。大日向は椅子をずらして蔵並への視界を広げ、畠中さんは自分の態度を悔いるみたいに下を向いた。小川楓のビニールくずは取れたけど、今度は指から離れない。

「ぼ、ぼぼぼくも、いいいい一緒に、い、い、あの、いいいい行こうかな」

細い目の多くを占める松の黒い瞳は、ちょうど向かいの蔵並に据えられていた。目元の肌荒れは幾分マシだった。そして、今日はまずまず調子のいい日みたいだ。

「いや」蔵並はあからさまに困っていた。「そうじゃなくて」

「いいよ、行こうぜ」と僕は松に声をかけた。あてつけるみたいな軽いノリで「二人で」とか言ってさ。

「二人じゃ大変だろうなぁ」大日向が愉快そうに同調して蔵並を見やる。「無事に合流できるといいけどなぁ」

松が一緒となれば、もちろん問題が起きるリスクはぐんと高まる。蔵並はうらめしそうに大日向を見つめたまま何も言わない。松は状況をうまく汲めないで、僕に満面の笑みを向けてきた。

「三人で行けば」しっかり蔵並が数に入っている。「お、おお、おじさんを、み、みみみみ見つけられる？」

「見つけられるっていうか、住所知ってるからそこに行くだけだよ」

「知ってんだ、住所」と大日向が意外そうに言う。「そりゃ知ってるか」

「いや、家では知らないことになってる。おじさんとつながって欲しくないから」

表情の優れない蔵並を放っておいて会話を進めるのはそれなりに胸が痛んだ。僕が内ポケットからスマホを取り出すと、井上が前のめりで目を丸くした。

「佐田くんのケータイ、初めて見た」わざわざ指までさしてきて、確かめるようにみんなを見回した。「ね？」

普段はカバンに入れっぱなしなんだけど、こういう時のためにポケットに入れてたんだ。だからぎくっとする指摘だった。そのせいで、落ち着かないまま一枚の写真を見せることになった。テーブルの上に置かれた茶封筒の宛名に、東京都日野市からはじまる住所とおじさんの名前が書かれたものだ。

「半年ぐらい前に撮った」

「盗撮だ？」と井上がにやにや笑って言った。

「まあ」たぶん、何かしら公的な手続きの書類でも送ろうとしてたんだろう。「ほんとにこの時だけ、たまたま」

「達筆」最後までじっくり眺めていた畠中さんが言った。「誰の字？」

「おばさん」なんていうか隙の無い字なんだ。好ましくはないけど、おばさんらしいとは思う。

「おばさんって、おじさんのお姉さん？　妹さん？」

「姉。母親が真ん中で、おじさんが一番下」

「そういうの見ると、ウソじゃないんだって思うね」小川楓はしみじみ言いながら僕を見た。

あきらめてるのか面白がってるのか、ビニールくずがくっついたままの人差し指を立てている。

「べつに疑ってたわけじゃないんだけど」

黙ってうなずきながら、かすかな泣きぼくろに思わず目がいった。

「会えるといいよね」

それは相変わらず厳しい表情の蔵並も含めて、三班の総意のように思えた。総意があって小川楓がそれを言うというよりも、小川楓がそれを言うことで総意としてコーティングされちゃうような感じなんだけどさ。これは僕の個人的な買いかぶりじゃなく、ある程度はクラスに共有されてる感覚だと思う。

だからこそ、井上も一緒とはいえ三班にいるのは妙なんだ。大日向を除けば、どう見たってハズレ男子の寄せ集め班だから。まず、松がいるっていうのは、誰が何と言おうとこれはもう悲しいかな、そういうことなんだ。でも、小川楓は楽しそうだ。こうなると、個人的な感情も積み上げげている主に男子——つまりは津原恭平くんみたいな奴——が曰く付きの視線を投げかけるのも無理はない。

「うんうん」大日向がみんなに聞こえるような大きな相槌を打った。

この相槌も僕にはなんとなく引っかかった。なんか芝居じみてるっていうか。いや、大日向は芝居じみたことをやる時はやるんだけど、そういう出し入れの判断に関しちゃミスのないタイプなんだ。だからクラスでも一目置かれるわけで。問題は、そういう奴がこんな時に、聞こえよがしに「うんうん」なんて言うかってことなんだ。少なくとも僕がディレクターチェアに座ってたら、そんな間抜けなことは言わせない。畠中さんあたりに、隣の人の耳にやっと入るぐらいの声で言わせる——実際、言ってたはずだ。べつに畠中さんが間抜けってことじゃなくて、主情的機能とか交話的機能とかの話でさ。小川楓の〈総意〉にそんなこと言う奴、僕は見たことがなかった。

でもだから、そこで初めて、僕はこうしてぐちゃぐちゃ語るに値する恐るべき可能性に思い至った。つまり、二人が付き合ってるんじゃないかって可能性だ。そう考えてみたら、モブキャラで脇を固めることで修学旅行を二人の思い出にしようってのはなかなかクールな策に思えた。だとしたら、井上は二人の関係を知ってるんだろうか？　にしても、ここまでちょっとも考えなかったのは我ながら鈍すぎる。いや、言い訳させてもらえば、僕だって班分けの日に休んでなかったら疑うぐらいはしたと思う。どうやって決めたか知らないけど、こんな班ができあがるからには相応の不自然な動きがあったはずだ。でも生憎その日の僕は朝っぱらから電話で若い女の先生に「かっこいいねえ」とか言われて家でいい気になってたし、当日の様子を聞くような友達もいないわけだ。

「蔵並くんもさ」机に肘をついた小川楓は、こめかみにあてて反らした中指だけで頭を支えながら言った。「なんか教えてよ」

「なんかって？」不機嫌はしっかり持続してて、うっすらケンカ腰だった。

「なんでそんなに——」と井上が挟み込んだ。「ってことでしょ」

「特待生なんだよ」

意外とあっさり、でも吐き捨てるように明かされた理由には、君たちとは違ってという含みがあった。でも別に蔑んだ印象は受けなかった。誰が特待生なのか表向きはわからないということになっているけど、ある程度の見当はつく。

「まあ」だから井上も驚きはしなかった。「だいたいわかるけど」

「入学するときに面談があって色々説明される。成績以外でも、何か少しでも問題起こしたり、関わったりしたら簡単に解除になるから気をつけろって」

「解除っていうんだ」井上はこれにはちょっと驚いていた。「特待って」

「もし佐田の件がバレたら、問題に関わったってことになるのかね？」

「当たり前だろ」蔵並は呆れたと言わんばかりに大日向から顔を背けた。「班から抜けたのを学校に報告しない時点で関わってる」

それはそうだと僕も思った。しかし、考えることが多くて大変だ。なにしろ、班員同士がこんな風に喋るのはこういう時間に限られていて、他の授業や休み時間ではお互い素っ気ないもんだった。そりゃ出くわせば挨拶ぐらいはするようになったけど、そこから何か話をするとかは、少なくとも僕に関しては一切なかった。そう思うと、僕と同じように身を切ってる蔵並に同情するようなところもある。これまで秘密にしてきたものを打ち明けるはめになってさ。

突然、教室の後ろの戸が開いて、A組の猪間章（いのまあきら）って奴が入ってきた。ぜんぜん人がいないのを大袈裟な首振りで確認すると、ポケットに手を突っ込んで、わざとなのかなんなのか、のらりくらりと寄ってきた。頭が大きくて五頭身ぐらいに見えるから様にならないんだけど、どうしてもやりたいらしい。お目当ては、同じサッカー部の大日向だった。

「王妃ぃ」甘ったれかかるような声で猪間は言った。

大日向が部内でそう呼ばれてるのはよく耳にする。ただ、みんなはオーヒって感じなんだけど、こいつだけはどう聞いてもオウヒって仰々しい発音なんだ。

もちろん、猪間が入ってきたところで会話は水をかけたようにやんでいた。だから悲しいかな、しばらくこのどうでもいい会話にじっくり耳を傾けることになった。

「今日、ゲームシャツとか余ってねえ?」それが猪間のお願いだったらしい。のっけからこういう尋ね方をするのも好きになれないところだ。「体育着でもいいけど、なんか着ないやつ」

「なに、忘れたのかよ」

「ジャージとかウェアとは言わんから」なんだか知らないけど、自分の口から忘れたとか貸してとかを絶対に言いたくないらしいんだ。「とりあえず出れれば、ぜんぜん」

「下は?」

「ヅカに学校ジャージ借りた。あいつ、下だけずっと学校に置いてんだよ。下半身は汗かかないとか言って」ヅカっていうのは大した不潔漢で、どろどろの上履きに青黴(かび)の生えたベルトして、宝塚ってご立派な名字を毎日泣かせてるような奴だ。猪間はそれをみんなの尻馬に乗ってバカにしてるくせして、窮すればジャージを借りるんだ。「気持ちわりいから下もあるなら王妃のがいいけど、さすがに無いっしょ」

「下は無いわ。でも、上はインナーに重ね着しようと思ってたゲームシャツあるから、それでよければ。半袖だけど」

「お、マジで。ぜんぜんいい。出れれば」

「寒いだろ、さすがに」

「いいよ、ぜんぜん。ぜんぜんいい」こいつはとにかく同じ言葉を繰り返すんだ。こう書いても気持ち悪くてしょうがない。「出れれば」

「じゃあ、練習前でいいか？」

「半田（はんだ）のホームルーム長ぇから今がいいかな、できれば」できればじゃないよ、ほんと。ちなみに半田っていうのはA組の担任で、話が長くて直情径行の中年女性、みんなが言うには一番のハズレ担任だそうだ。

　席を立った大日向の後を金魚のふんみたいにくっついていく猪間は、入ってきてからここまで僕らを気にする様子さえなかった。廊下側にある大日向のロッカーの前でも、二人は何やら喋ってた。そのへんの机に座ってだらだら声をかける猪間は、借りたばかりのペラペラしたシャツを自分の肩にかけている。そういう似合わない仕草ばっかりやりたがるんだから、気の毒と言うほかない。

「ちょっと」突然、小川楓が言った。その声以上に鋭い目つきで二人を睨んでいる。「大事な話してんだから、早くしてくんない？」

　小川楓に言葉を返すような度胸もなく、猪間はさっと机から下りた。大日向は特に何も言わないでロッカーを閉じた。それでまた僕は混乱だ。小川楓が猪間にだけ、もしくは二人に向けて言ったんなら何の問題もない。猪間に関しちゃざまあみろってなもんだ。けど、もしこれが大日向にだけ言ったとするとややこしい。それなりの関係じゃないと、あんな風には言わないような気がする。

猪間が出て行ったところで、話は平行線のままだった。収穫といえば、蔵並はべつに東京タワーに行きたいわけじゃないってことがわかったぐらい。本当は上野の国立博物館に行きたかったけど一、二時間じゃ何にもならないから希望しなかったとか御託を並べてた。後はとにかく問題を起こしたくないの一点張りで、挙げ句の果てにこんなことを言った。

「いっそ計画の中に日野を入れればいい」

「もう計画通っちゃったし、変えるにしても説明しづらすぎるでしょ」井上はまたいちいち名取とやり合うのがいやなんだ。「あ、もしかして本当のこと言うってこと？　みんなで佐田くんのおじさんに会いに行きますって」

「許可が下りるならそれでもいい」

「唖然」井上が時々やるこれ、どこで覚えたんだろうな。「日野だけで終わっちゃうよ。それで水族園に行けなかったら、結衣ちゃんがかわいそすぎる」

畠中さんは首を傾けて苦笑いしていた。僕に気を遣ってくれてるんだ。往復二時間かけてクラスメイトのおじさんを見に行くより、近くで魚やペンギンを見たいと思うのは当たり前だから、そんな態度は取らなくていいんだけどさ。でもこれも当たり前なことに、彼女がそんな態度を取らないはずがないんだ。

「わたしたちもかわいそすぎる」と小川楓が井上に言う。「買い物できない」

「いや、新大久保はそんな時間とらないし、日野に行ってもささっと寄れる」

調子のいい班長が喋る横で、蔵並はしかめ面。松は気付けば居眠りしてた。授業中は平気らしいんだけど、こういう平場の体力や集中力には恵まれてないいんだ。それが東京の、知らない遠くの街まで行って帰って来ようってんだから、蔵並が心配するのも無理はない。僕だって松はいない方がいい。でも、せっかく行きたいって言ってくれてるのに、かわいそうじゃないか。

「これもう、蔵並くんがついて行くしかないと思うんだけど」

井上が投げやりに言った時、教室の外を高村先生が通りかかった。発言をほっぽり出して、井上は小川楓と一緒になってその姿を値踏みし始める。矢継ぎ早に、冬はあのグリーンのタートルネックのニットがいちばんいいとか、でもあのゴールドのネックレスしてないとか、土曜はリップ濃いめです、とかなんとか。すると先生がこっちを見た。手を振る二人に、女優があしらうみたいな感じで振り返す。培われてきたノリってのがあるんだ。

ところが、先生が奥にいる僕に気付いた。わざわざ立ち止まってガラス越しに僕を指さし目が合ったのを確認すると、顎を斜めにちょいと上げて、例の土曜のリップを塗った唇を薄く広げて、にっこり笑ってうんうんうなずいた。それでぱっと向き直って、跳ねるみたいに歩いて行ったんだ。まるで何かいいことがあったみたいにさ。

ぽかんとしたあと、井上と小川楓は火がついたような大騒ぎで僕を質問攻めにした。松がそれで身震いしながら起きちゃったぐらいだ。ただでさえ皮膚の弱いまぶたがこすられて、気の毒なくらいにしょぼしょぼしてた。僕はといえば沈黙を貫き、自分の希少価値を保つのに専念した――と言えば聞こえはいいけど、内心、かなりいい気になっていた。

ただ意外なことには、この一件に興味津々だった者がもう一人いた。もちろん何にも言いやしなかったけど、井上や小川楓が何か訊くたび、蔵並は目元の不機嫌をすっと解いて、真剣な眼差しを僕に向けた。

「怖い物知らずだね」

オーナメント柄の絨毯に横座りして小川楓が僕にそう言ったのが何に対するものだったか、不思議なことに思い出せない。覚えてるのは、そこで急に興奮した松が、小川楓の方にはいはいするみたいに身を乗り出したことだ。

「こ、ここ、こ怖いものあるよ、佐田くんにも」

そう言って今度は僕を見て、にやにや楽しそうに笑うんだ。心当たりなんか何もないから不安になった。

「なに？」と小川楓が興味ありとばかりに訊く。「教えて」

「飛行機」

急ぎすぎの間の悪い言い方だったけど、小川楓は愉快そうに笑っていた。だからそれってつまり、答えそのものが愉快だったってことじゃないか。確かに僕は、飛行機があんなに恐ろしいものとは知らなかった。行きではずっと寝たふりしてた。着いた時に、隣の篠田くんが「体力回復できたね」と笑いかけてくれたぐらいだから抜かりはなかったと思うし、座席は出席番号順だから松はだいぶ後ろにいたはずだ。

小川楓は火を吹き消すみたいに笑いやむと、ウケて気をよくしてる松を通り過ぎて僕に目を移した。照明の具合で、瞳が潤むように光っていた。

「初めて?」

「初めて」

小川楓の髪は、井上の飼い犬のマネをしてた頃からばっさり切られて、肩にかかるぐらいだからウェーブも出てない。ホテルのドライヤーじゃ乾かすのに八時間かかるからって、修学旅行前に切ったんだそうだ。

広いホテルの宴会場にはテーブルも椅子も何も置かれないで、一学年分の生徒が班ごとに集まって床に座っている。全体集会のあと、少しだけ班ごとの時間が取られ、班長と室長だけが別々に呼ばれた。部屋は基本的に班の男子と女子でそれぞれ一部屋なんだけど、三班は松のせいでちょっと特別だ。やっぱり色々あるらしくて、保護者とも相談の上、名取と同じ部屋に寝泊まりってことになった。だから、大日向室長と蔵並と僕の三人だけだ。女子の室長は畠中さんで、二人は並んでおしゃべりしながら歩いて行った。結果、小川楓に蔵並、僕、そして松だけが残されたって、そういう状況なわけだ。

「飛行機で田舎を出たり入ったりするなら、東京になんか出たくない」と僕は言った。

「帰んなきゃいいんじゃない?」と小川楓は言った。「おじさんみたいに」

そんなことより、なんでこんなところまで話が飛んだかを先に説明すべきだった。もちろん、あれから一ヶ月、何にも話が進まなかったからだ。行くとか行かないとか繰り返してるうちに、気付けば東京にいるんだ。東京っていうか、千葉の新浦安ってとこだけどさ。でもその間にちゃんと毎日があったことは、僕が小川楓とまともに会話してることからも察せられるだろう。

一日目の大学やら企業やらNPOやらの研修とか、東京ドームシティの夕食とか、夜の宝塚歌劇団花組公演とかは、残念ながら書いてる暇がなさそうだ。一つだけ書いておくと、僕は東京宝塚劇場の二階席の一番前で涙を落っことさないよう必死だったんだ。バスの中でも涙ぐんじゃって、「mundi」読む振りして下向いてた。JICAで誰も欲しがらないのを一年分もらったんだ。そうだ、同級生の宝塚のことも書いておこう。僕みたいな僻地まで届いた伝説的な話によると、舞台がはねてすぐのロビーで、歌劇に無感動だった奴らが一つからかってやろうと感想を求めたんだけど、本当に胸いっぱいの様子で、ただ一言「後にしてくれ」と首を振ったそうだ。僕はヅカを見直した。

いよいよ明日ってこともあって、蔵並の表情は硬い。小川楓も気がかりな様子だったけど、見回りの高村先生がやって来ると気の置けない笑顔を浮かべた。しばらく見上げ、相手を十分引きつけてから言った。

「高村先生はぁ、友達が困ってたら助けてあげた方がいいと思いますかぁ？」

「なに、その質問」高村先生は身を引くしぐさで応えた。「あと言い方」

小川楓は「どうですかぁ？」と続ける。

先生が考えこむ間、僕はちょっと気を引き締めた。蔵並に訴えかけるために、そういう質問をぶつけてる風だったからだ。

「友達が必要ない人もいるじゃない？」と先生は言って、僕のことだけを見なかった。「だから、友達がっていうんじゃなくって、困ってる人がいたら――」そこで先生は何か新しく言うべきことを思いついたらしかった。

蔵並を盗み見たら、口開けて先生を見上げていた。確かに、こんなに下からなめるように見上げることなんて滅多にないだろう。

「宮澤賢治がさ」と笑顔で始めた先生の担当は現国だ。

小川楓が「また？」と言いながら髪をかき分けて耳を出した。先生の宮澤賢治好きは有名で、卒論や聖地巡礼の話も授業中に何度も聞いた。

「先生をやってた時、よく生徒を川遊びに連れて行ってたんだって。何日も勝手に泳いで遊んでたんだけど、ある時に救助係の人と話す機会があって、その人が自分たちの知らないところでさりげなく目を光らせてくれてたことを知って、すごく反省するの。自分は、溺れてる子供を助けることはできないから、せめて一緒に溺れてやろうとしか考えてなかったって」

こんなところで「イギリス海岸」の話をしてくれる細くて美人で朗らかな先生という存在がどう思われるか知らないけど、修学旅行の引率をしている中でそういうことを思い出してくれる先生っていうのは、確かにすごくありがたいことだよ。

「一緒に溺れてやろうって人と、助けてやろうって人がいるわけだろ。じゃあ、楓が川で溺れてるとしてさ」小川楓のこと、授業中じゃなかったらそう呼ぶんだよ。まあ、うちのクラスに小川がもう一人いるからってのもあるんだけど。「どっちに来てほしい？」

「助けてくれる人」

「それって」と蔵並は喋る前から頬がゆるんでいた。「生きるか死ぬかって質問になってませんか？」

「そっか」予想外の質問だったのか、先生はちょっとはにかんだ。「質問として成立しない？」

「しませんよ」

その楽しそうな笑顔ときたら、天にも昇るような感じだった。予感が確信にっていうより、僕は思わず、おい、よかったじゃないかって具合に肘で小突きそうになったぐらいだ。

「他に意見は？」

先生はその余韻を楽しむ間もなく言った。水を向けられていることがわかったけど、僕は黙っていた。蔵並の手前とか、くだらないことを考えていたのかも知れない。すると先生は、僕を見て言った。

「なんか言いなよ」

ざっくばらんとした訊き方は、何かを期待してるみたいだった。興が乗ってきたのかいつの間に腕組みして、胸が窮屈そうに強調されてた。小川楓が膝を立てるように足を動かした一瞬、スカートの隙間から右の腿裏が青白く覗いた。どんなにマシなことを考えている時でも、そういうものが目につくんだ。目につくだけだよ。ネズミがさっと走ってドキッとするみたいなもんで、ドキッとしたくてネズミを見たわけじゃないんだ。ネズミのことは嫌いじゃないし。でもなんでネズミなんだ？

ああ改行、また助けられた。早いとこ先生の質問に答えよう。長い学校生活というか長い人生、僕はこういう問われる場面じゃお茶を濁すことに決めてるんだけど、この時はどうかしてた。旅の恥はかき捨てって言うけど、僕がなんかマシなことを考えてるかもと勘繰ってくれる人に、マシなことを言いたくなっちゃったんだな。いつも思うんだけど、期待に応えるってのは限りなく恥に近いことだ。よく覚えていないけど、僕はこんなことを言ったと思う。

その二人——つまり一緒に溺れてやろうって人と、助けてやろうって人——が両方そこにいたら、溺れてる人はきっと助かる。助けてやろうって人がちゃんと助けて、一緒に溺れてやろうって人はただ見ているだけだ。でもその時、ただ見ていたその人が一緒に溺れてやろうって人だったかなんて誰にも、自分にさえわからない。その人がそういう人だったってわかるのは、ほんとに一緒に溺れた時だけだ。でもその時、最初に溺れていた人も、見ている誰も、その人が一緒に溺れようとしたとは思わない。助けようとしたと思うだろう。その人は溺れて薄れゆく意識の中で、たった一人、自分が一緒に溺れてやろうとしていることをわかるのだろうか。

「だとしたら、その人が一緒に溺れてやろうって考えながら生きていることは、どういう意味があるのかって、僕はなんか、そういうことが無性に気にかかるんです」

僕の考えだとあの宮澤賢治ってのは、一緒に溺れてやろうって人でありたくて、それがどういうことかを死ぬほど考えたいがために死ぬわけにはいかない死ぬほど倒錯した奴なんだ。僕はそれに共感する一方で、騒動とは何の関係もなく残った甲斐性なしの樅の木みたいに思ってしまうんだよな。

高村先生はすごく何か言いたげに僕を見ていた。興奮しているようにも見えたけど、室長組が戻ってきたから話はおしまいになった。改めて説明するのも面倒だし、先生だってここにずっといるわけにもいかない。そういう了解が四人の中で交わされた。そこで残酷なことに、松がそこにいることをつい忘れちゃってることにも気付いた。マシなことって、いったいなんだろうな。

最後に戻ってきた井上は、明日の朝の細かいスケジュールや何かを伝え終えると、僕と蔵並を見た。「もう明日だけど、あとは佐田くんと蔵並くんの間で決めて」とさじを投げてよこしたけど、厚い絨毯にじかに座ってるおかげか物柔らかに聞こえた。実のところ、出発が近づく中で一番やきもきしてたのはこの班長で、何回かキレそうになってたぐらいだ。省略したのはその姿を書きたくないってのもあったんだ。

班長のためにも穏便に済ませたいもんだと思いながら部屋に戻った。いや、その前に、名取にカードキーをもらうためにそのまま座って待っている松に言ったんだ。

「部屋で、名取に何も言わないようにな」

「だ、だだ大丈夫。ねね、ねねね寝るだけだし」

吃音に罪はないけど、不安を煽るのは確かだ。僕は自分の発言だけ都合よくなめして、松の言葉は生で放り出すんだから、本当にろくでもない。そんなろくでもない奴に、松は微笑みかけてくれた。

「明日、た、楽しみだね」

松と喋ってたらエレベーターが後になって、部屋に戻るのが遅くなった。開けておいてくれとは言わないけど、チャイム押してドアの前で待たされるのは、さすがにちょっといらついた。待ってる間、色んな奴が後ろを通って僕を振り返って悪い顔を向けていった。着いた時に各部屋でひとしきり行われた閉め出し遊びを、一拍遅れでかまされてると思ってるんだ。

ドアが開いたら蔵並は暢気に歯をみがいてやがって、思わず文句が口をついて出た。

「さっさと開けてくれよ」

「悪い」と簡単に謝った。「歯みがきするとこだったんだよ」

「そんなのは見たらわかる。なんで五分もかかるんだってことだ」

「五分もかかってないだろ、せいぜい三十秒だ」こいつときたら、絶対に言葉通りにしか受け取らないんだ。「歯みがき粉をつけようって時にチャイムが鳴ったからバタバタしたんだ」

「わけのわかんないことを言うんじゃないよ」

蔵並は首をひねりながら洗面所のドアノブに手をかけた。そこで蔵並のくわえた歯ブラシを見て、僕は怒る気が失せてしまった。タオルとコップ以外のアメニティは置いてないから自前なんだけど、極細のマジックで「蔵」って手書きされた、小さな黄色いシールが貼ってあるんだ。笑いそうになって、穏便にってのを思い出した。和やかな会話の糸口ぐらいにはなるだろう。大日向はどこかに出かけているらしい。

僕は深呼吸して「じゃあなんだ？」と勢いこんで洗面所に押し入った。「チャイムが鳴った後で、歯みがき粉をつけたっていうのか？」

「そうだよ、だからなんなんだよ」蔵並は機嫌よさそうに笑っていた。奇跡的に冗談が通じているみたいだ。

「歯みがき粉をつける前に、カギを開けにくればいいだろ」

「くだらないことにつっかかるな」あしらうように鏡に正対して、歯みがきを再開した。本当にいかにも機嫌がよさそうなんだ。

「大日向はどこ行った？」

「ロビーのトイレ」歯みがきしながらなんとも器用に喋るもんだ。「部屋まで来たのに、わざわざまた戻って」

僕は長い洗面台の少し離れたとこに腰掛けて、今は奴の手中にある「蔵」の登場を待ちながら様子を見守ることにした。それはどうも念入りっていうか執拗っていうか偏執的な感じだった。一番きつかったのは、途中で口にたまってきた泡をいちいち吐き出すんだけど、それを放っておくことだった。僕はいやになって手を伸ばし、水で流した。それを二回やらせたあと、あろうことか蔵並は歯みがき粉をおかわりした。その歯みがき粉も海外の見たこともないやつで、新鮮に漂ってきた匂いも湿布みたいにきつかった。

蔵並は、最後にどでかい白い泡の塊を吐いて「佐田は歯みがきしないのか」と言った。泡の塊が水滴を一つ一つのみこみながらじりじりと、なめくじみたいに動いてた。こいつの家の朝の混み合った洗面台の水受けには、こういうのが何かの卵みたいに五個も六個もへばりついてるに違いない。それはやがて排水口のところで一つにまとまって――。

「それとも、なんか食べたりするのか?」

「いや、食べない」おかげさまで食欲がないんだ。「後でやるよ」

蔵並はようやく自ら水を出し、コップになみなみ水をくんだ。ようやく「蔵」が顔を出した。よく見たら、黄色いのは「おじゃる丸」のキスケのシールだった。「キーくん、ヒヨコじゃないっピィ」とか言っていつもぷりぷり怒ってるやつ。でもそりゃ誰だって、ヒヨコだなんて思われたくないよな。僕はもう色んな元気がなくなってたから順番通りに尋ねていった、いかにも事務的に。

「その「蔵」ってのは?」

そこにちらっと目をやって「目印だよ」と言った。「わからなくならないように」

「小学生みたいなことするんだな」もっとからかう調子で言ってもよかったんだけど、なにしろ気圧(けお)されてたもんだからね。「お母さんがやってくれたのか?」

「まあ」

まあってなんだよと思ってから、僕に母親がいないから気を遣ってるのかもという考えが頭をよぎった。「なんでキスケ?」と訊いた。

「さあ」まあの次はさあときた。「弟のを使ったんだろ」

シール自体のことも、そろそろ高三って時に母親にされるがままになってることも、恥ともなんとも思ってないみたいだった。まあ、そう思ってたらさっさと剝がすだろうし、とりあえず、ぜんぜん弱みをついてるような雰囲気じゃなかった。

「年離れてるからな」

「へえ」片方の尻のあたりがしびれてきたから足を組んだ。「いくつ？」

「小三」

「かわいいだろ」僕は何を知った風な口を利いてるんだろう。「さぞかし」

「まあ」

まただ。僕には弟もいないから、心が痛まないようにしてくれてるんだよ。それは冗談にしても、こんな他愛も無い話題を蔵並と普通に話せているのはちょっと驚きだった。そしたら、ふと口にしていた。

「ずいぶん機嫌がいいんだな」我ながらすごくフレンドリーで自然な感じだったよ。

「そうでもない」向こうはちょっと気を引き締めた風だった。水を含もうとして、ズッと音を立てた。

「高村先生と楽しく喋れたからか？」

エンストみたいな止まり方をしたから、僕は思わず謝りそうになった。なにしろフレンドリーな気分だったから、気を悪くしたならごめんとか口に出しそうになったんだ。蔵並はしばらく水を含んだまま、パントマイムみたいに微動だにしない。一向にゆすごうともしなくて、そういう流儀だったらどうしようと思ったけど、そんな馬鹿な話はない。ようやく気持ちばかりに動かした口から吐き出されたものは水だか唾液だかわからないがとにかく透明で、泡がいっさいなかった。

「お前、そういう話をしてくる奴なのか？」

気取ったような変な言い方のあと、蔵並は酒をあおるみたいに、コップに口をつけた。急にお前呼ばわりしてきて、いじらしいじゃないか。その口いっぱいに水を含むまで待ってから、僕は言った。

「先生のこと、好きだろ？」

それでまたエンストだ。口に含んだ冷却水の効果もむなしく、みるみる顔が赤くなった。生きててこんな場面にお目にかかるなんて夢にも思わなかった。

「もう、先生だって気付いてる」

蔵並は二、三度ゆっくり口を動かしてから水を吐いた。最後に、口をもごもごさせて集めた唾も吐いた。顔を上げて鏡越しに僕を見た。水を出したいのを我慢して、じっと見返す。

「なんでそんなこと知ってるんだ」

怪訝な顔つき、妙な言い方。時間を稼ぐためにちょっとにやにやして見せると、蔵並は苛立ちを抑えながら繰り返した。

「なんでお前がそれを知ってるんだよ。直接、聞いたのか？」

どうもこいつは、先生が僕にそれを伝えてきたと思ってるらしいんだ。つまり、今この状況は「蔵並が私のこと意識してるみたいなんだよね」「それは大変だ。僕からちょっと釘をさしておきましょう」みたいなやりとりがあった上で持ち出された――そんなことってあるかよ。

「先生とどういう関係なんだ？」

そんな台詞を面と向かって言えるんだから驚きだ。僕の顔も赤くなってたかも知れない。返事に困って、僕はまた唾を流すべくレバーを跳ね上げた。細い筋が大回りに吸い込まれていくのを見ていたら、先生からいい答えをもらってたのを思い出した。蛇口係もうんざりだし、洗面台を下りて後ろの壁に寄りかかった。

「電話友達みたいなもんだよ」

「電話」という言葉だけを蔵並は取り出した。

嘘はついちゃいない。言葉通りに受け取る方が悪いんだ。でも、それを承知で言う本当なんて嘘と同じだし、やっぱり僕が悪いんだろう。そんな時の常で芝居がかっていくばかりだから、しばし僕の心情に言及するのは控えよう。

「時々、タイミングがあえば」と言って説明を足してやる。「なんかやる気が出ないって時に電話して、ちょっと喋るんだよ」

蔵並は黙ってコップを置いて、歯ブラシを荒っぽく差した。束の間カラカラ鳴って、サイコロの目が出るように「蔵」を見せて止まった。

「おい」と僕は指さして注意した。「コップはみんなで使うんだぞ」

蔵並は黙って歯ブラシを取ると、コップをすすいだ。

「落ち着けって。ちょっと家庭が複雑だとそんな機会があるだけだから」

「ああ」うつむいた横顔がゆるんだかと思うとこわばる。「そういうことか」

「でも、そういう恋愛とかのことってわかんないからさ。いやほんとに、感情としてわかんないんだ。母親の愛情を知らずに育つと、やっぱり何か欠陥みたいのがあるのかな？」

蔵並は何も言わず、顔を背（そむ）けるようにタオルで口元を拭った。でも、鏡越しに、考え事するみたいに動かない目が全部見えていた。

「だから生憎、そういう相談にも乗れない。よくわかんないから」

「相談なんてするか」と口元を隠したまま言う。

「お前のじゃない」

蔵並の目がじわっと開いて、タオルから口が離れる。逆さに持っていた歯ブラシから滴（しずく）が垂れた。

「先生にお前のことを相談されたって何も言えないってことだ」

ちょっともう耐えられないから言い訳させてもらうと、この会話はホテルの洗面台の前じゃ相当な緊迫感があった。余計なことを書いてない以上、僕の書き方が悪いってわけでもない。そもそも、わざわざ逐一書くような場面じゃないってことなんだろう。でも僕は、恥を忍んでこの茶番を書いておく道義的責任があるんだ。

ありえない思わせぶりが通じてしまったのか、蔵並は真剣な表情で黙りこみ、何か考えていた。僕にはそう書くことしかできない。あいつの側から書くことができたら、もっとマシなことが書けたかも知れないのに。

神にかけてまさにこの時、改行を促すようにチャイムが鳴った。二人ではっとして、息を潜める時間があった。もう一度鳴る。

「大日向だ」と僕は言った。「今のこと、みんな話したっていいんだ」

「なんでだよ」

「じゃあ、僕が日野に行くのを認めるか？」

蔵並は口を結んだ。落ち着きなく「蔵」のシールを親指で撫でつけている。さらにチャイムが、立て続けに二回鳴った。

「わかったよ」と蔵並は小さな声で言った。「認める。でも、松はダメだ」

さんざん平行線だったことが、誤解と小芝居であっさり覆ってしまって、僕はそこまで導いておきながら「特待は？」って訊いちゃったぐらいだ。

「いい」

そう言ったきり、歯みがきセットを淡々とまとめ始めた。当てつけるような素振りでもないのが不気味だった。いずれにせよ、僕はこれで重い十字架を背負ってしまったわけだ。少なくともこの旅行中に誤解を解いておかないと、先生は大迷惑だろう。

そんなこんなで少なくとも三分は待っていたであろう大日向は、ごく普通に入って来た。鼻をくんくんさせて「なんだ、仲よく歯みがきかよ」とか言って。

翌朝、班ごとに集まったのは朝食後だ。いったん部屋に戻って、クラスごとに十分ずつずれてまた集まる。いっぺんに出発するには段取りが多すぎるらしい。今日はスニーカーが許されていたから、目にうるさい感じがした。

集合場所に松はいなかった。名取もいなかったから、一緒に下りて来るんだろう。まずGPS発信器とSuicaが配られた。副班長の蔵並が取りに行ったのを見計らって、女子たちが顔を寄せる。

「なんでそうなったの？」と井上が訊いた。どうやらもう話が通っているらしい。「蔵並くん」「だから、わかんないんだって」大日向は面倒くさそうに言った。「急に行っていいって言うんだよ」

「佐田くんが説得したの？」小川楓が僕を見て言った。

「佐田はなんか読んでただけ。なんだっけ？」

僕はまた「mundi」読んでたんだ。そんなことには毛ほどの興味もなさそうな小川楓は「どういう状況だったの？」と訊いた。

「蔵並が最初に風呂入って、ベッド入る時に「明日、好きにしろよ」って佐田に。そんで一瞬で寝た」

「どういうこと？」と井上が顔をゆがめる。

「わかんないけど、いいらしい」と僕は言った。

「よかったね、佐田くん」畠中さんはそう言ったところで、顔を逸らして口に手をあててあくびをした。「ごめん」

蔵並が戻ってきて配れとばかりにSuicaの束を突きつけてきたから、黙ってその通りにした。Suicaの中には、一番交通費が多い班でも一本飲み物が買えるぐらいの金額があらかじめチャージされているそうだ。そのままもらえるから、履歴で動きがばれることもない。キーホルダー型のGPSはご丁寧に一つ一つに名前のシールが貼ってあって、なるべく見えないところにつけるよう指示された。

その時、名取と一緒に松が入って来るのが見えた。すぐにこっちに来てみんなと挨拶を交わしたあと、僕に向かって「だ、大丈夫だった」と言う。名取には何も言ってないということだろう。ついて来る気満々って感じだった。

井上が班に一台のガラケーをもらって来て、面白そうに閉じたり開いたりしている。先生方の注意を聞いて自主性を焚きつけられたら、テクノロジーに守られた生徒たちの出発だ。

東京駅までの電車は凄まじく混んでいた。これでも通勤ラッシュの終わりの時間帯らしい。駅に着いたらすごい距離の乗り換えでハーフマラソンぐらい歩かされた。途中で動く歩道に乗ったんだけど、松はそれがうれしかったみたいで、名残惜しそうに振り返って眺めてる。

危ないから、僕はリュックのストラップへわからないように手を添えた。確かにこうやって気を張っておくのは大変だろう。エスカレーターに乗っても後ろを見てるから言った。

「そんなに楽しかったか？　動く歩道」

「く、空港では、乗れなかったから」

「今日の帰りも乗れるよ」

「ど、ど、どっちに乗ろうかな」

動く歩道は三本あった。今乗ってきた向きのが二本と、逆に行くのが一本。そういうのに妙にこだわるんだ。

「帰りは一本しかないだろ」

「ま、真ん中は、帰りは、は、は、反対向きだと思う。ひ、人の流れが、逆になるから」

松ってかしこいんだ。普通科目の成績もたぶん僕よりいいだろうし。

「どれでも好きな方にしろよ」僕はちょっと憮然としていたはずだ。松に言われたからっていうより、松が僕の反応に気付かないいんじゃないかと思って、ついそうなっちゃうんだ。

「さ、佐田くんだったら？」

「端のかな、いつも同じ向きのやつ」

口からでまかせってこともなかった。例えば、動く歩道について思い出す時に——そんな時がしょっちゅうあるかは知らないけどこうやって時々はあるとして——その思い出した時が朝か夜かで、じゃあ今はどっち向きかな、なんて考えがいちいち頭をよぎるのはいやじゃないか。思い出す時はその時のことを思い出すんであって、何の関係もない今に水を差されるなんてたまったもんじゃない。

「ぼ、ぼぼぼくも、そうしよう」

正直なところ、そんなことを帰りまで覚えていられるか心配だった。ばっちり覚えてる松の目の前でうっかり真ん中のやつに乗りこんだってちっとも不思議じゃない。そこまで深刻に考えちゃいないんだから。一緒に行くって約束を破られて、動く歩道もそんなことになったら、松はどう思うんだろう。

三班は、前を行く他の班に絡まれないよう距離をとって歩いていた。無力な僕と松を除いたみんなで全クラスの班行動を調べ回ったところによると、行く場所や時間、路線が重なる班はないということだ。友達の友達をたどれば、そんなの確認するのはわけないらしいけど手間には違いない。

「予定通りに動かなかったら、先生のチェックが入るわけでしょ」井上は蔵並に言ってるみたいだった。「ここ凌いだら、もう大丈夫なんじゃない?」

「予定のずれる班があっても、電車乗ってる時と乗り換えだけ気をつければ」大日向も言い聞かせるように言葉を足す。「そういや、佐田はどうやって行くんだよ」

「一番速いのは、東京駅から中央線っていうのでそのまま日野に行くルートだけど」僕は蔵並に並びかけながら言った。「それで行ってよければ」

「やめた方がいい」と蔵並は言った。「東京駅でいきなり分かれるのは」

「ちょっと隠れといて、時間ずらして乗るとかは?」と井上。

「どっちが見られてもダメなんだ」蔵並は後ろを確認しながら言った。「すぐ後の電車で他のクラスが来るし」

「浦和までは二人も一緒に行こうよ」と小川楓が言った。「そこまでいったら誰もいないでしよ。遠回りすぎ？」

「いや、それぐらいやるよ」僕は二人という言葉にあせりながら答えた。「時間はあるし」

「計画立てとけよな」大日向が呆れたように言った。

確かに、僕にはぜんぜん計画ってもんがなかった。蔵並は警告するように僕を見た。予定通りの電車に乗りこんでから調べてみると、浦和駅の先の大宮駅で乗り換えて日野へ行くルートがあった。

「じゃあ、二人とは浦和でお別れか」井上はそこで「あっ」と声を上げた。「GPS、もらっとかないと」

僕はポケットに入れていたGPSを井上に渡した。松がいそいそとリュックを下ろすのを見てまずいと思う。でも考えてみたら、僕は松を連れて行かないなんて一度も言わなかった。言うならお前が言うんだな。そう思って振り返ると、そいつの名前が目の前で揺れた。

「俺も行く」GPSをぶら下げたまま蔵並は言った。「無計画すぎる」

井上がぽかんと口を開け、隣にいた畠中さんが大慌てで、ドアの上の路線図を見ながら話していた大日向と小川楓へ知らせに行った。報告を受けた二人がこっちを見るより先に顔を見合わせたのは思うところがないでもなかったけど、僕の方でも悠長に考えてる余裕はなかった。蔵並は僕の顔を見なかった。

僕らはこんな土壇場でやっと連絡先を交換し始めた。大日向と女子たちみたいに計画の段階でつながってるところもあったけど、全員ってわけじゃなかった。忘れちゃいけないけど、ちょっと打ち解けたところで、不便がなければ連絡先を教えるほどでもないってメンバーなんだ。だからこそ、こんなわけのわからない状況になっているんだろう。僕はラインもやってないから、電話番号を教えてくれるように頼んだ。面倒だから登録もせず、しおりの名前の横に番号をせっせと書いてる時に井上がつぶやいた言葉をよく覚えてる。

「生きた化石?」

笑うだけで誰も何とも言わなかったけど、僕はうれしかった。からかわれたのもそうだし、何より、生きた化石っていうのがいいじゃないか。生きた化石でいられるなら、僕はどんなことだってしよう。

その時、微かなシャッター音が聞こえた。小川楓がスマホを僕に向けていた。何にも言えず、画面を見つめている小川楓の目を見た。みんなも呆気にとられてた。

小川楓は気にする素振りもなく、スマホをコートのポケットに落としながら「帰りも撮らせて」と言った。

「なんで?」

「興味深いじゃん、佐田くんの人生」

みんなに一目置かれてる女の子にそんなことを言われるんだから、両親のいない甲斐があるってもんだ。こんなことは思ってなくても書けるんだろうけど、本当に思ってるんだから始末が悪い。でも、僕にだって自分の人生の今を興味深く思う権利があるだろう。

「本当に行っちゃう気?　バレない?　大丈夫?」

次は浦和駅というアナウンスを聞いて班長が騒ぎ出した。不安を口にしながら、学校から持たされたガラケーを閉じたり開いたりしだした。

「平気だって」あっけらかんと小川楓が言う。「蔵並くんが死ぬ気でどうにかするから」

「特待解除だもんね」

迂闊(うかつ)な言い方をした畠中さんを咎めるように蔵並が目をやったけど、女子たちはもう松を囲んでめちゃくちゃに励ましにかかっていた。松は高揚しているように見えた。

電車が減速して、女子たちがなんとなくドアの前に寄っていく。本当に大丈夫なのかと他人事みたいに思いつつ小川楓の後ろ髪を見ていたら、大日向にさえぎられた。今まさにドアが開こうって時、大日向が小川楓のコートの袖をつかんだ。ぎゅっと握ったもんだから、コートの奥の腕の細さが僕にもわかった。何かと思って振り返った小川楓の腕をしごくように手をすべらせた大日向は、もう一方の手を添えて、GPSを握らせた。

流し目の小川楓は「行くんだ?」と面白くもなさそうに言った。

大日向は表情だけで応えたらしいけど、僕には見えなかった。それを受けた小川楓の瞬き一つで何かわかるほど、二人について知っているわけでもなかった。

聞き慣れない発車メロディが鳴り響き、ドアが男子と女子を隔てる。みんな無言だった。井上はまだ口を開けている。畠中さんにはちょっと不安の色が見えたけど、それでも僕らに手を振った。小川楓は渡されたばかりのGPSを中指にかけて、最後まで大日向を見ていた。口元は笑いを噛み殺すみたいに歪んでいた。

そういえば、結局、僕の連絡先は誰にも教えずじまいだった。ほんと、何もかもが杜撰なんだ。


車窓には建物が流れていつまでも途切れない。大日向はつり革に両手をかけてぎしぎし揺らしながら、要領を得ない説明をくり返した。

「だって面白そうだろ、こっちの方が」

どんな事情があっても僕には小川楓の腕をつかむことはできないし、あんな目を向けられることもない。にしても、二人がそういう関係だったとして、今日という日を一緒にいなくてもいいもんなんだろうか。こんなにうまいこと、他の冴えない男子連中ぬきになることなんてないじゃないか。

「なあ、おじさんってどういう人？」

僕の様子を不審に思ったのか、向こうから話題を変えてきた。松が体を丸ごと僕に向ける。やけに楽しそうなのは、大日向もついてきたからだろう。数が多けりゃうまくいくと思ってるんだな、マンモス狩りかなんかみたいに。

「どういう人って」僕はおじさんについて誰にも話したことがないのに気付いた。記憶がいくつか出てくるだけなんだ。例えば「めちゃくちゃ歯医者に行く」とか。

「矯正とか？」大日向は言ってすぐに「じゃないか」と否定した。「その言い方だと」

「してないし、虫歯もない」

こっちを見た蔵並の奥で、松が電車の揺れによろけてつり革を派手に鳴らした。

「里帰りする時は、大きな駅で歯医者に寄って帰ってくる。必ず初診のとこに」

「通ってるとこじゃなくてか？」

「一度行ったとこは二度と行かない。近所で行けるとこはもう全部行ってるし」

「なんでだよ」

「おじさんにとって、歯医者は褒められに行くとこだ」僕はおじさんの歯を思い出していた。整った歯並びとはいえないし、不自然に大きい前歯の先はぎざぎざだった。「これから定期的に診てもらおうかなと思いまして……とか言って行くんだよ。歯医者には十年足を踏み入れてないみたいな顔して。それで、とても綺麗に磨けてますよ、とか言われるだろ。それで一応、一通り綺麗にしてもらって、また別のとこに行く」

大日向はつり革からそれがぶら下がっているパイプに手を移していた。「それで喜んでんの？」と言って、おじさんよりもはるかに整った白い歯をこぼした。「褒められて」

「承認欲求の歯みがきとか言ってた」

おじさんはそんな言い方をしたことはなかった。僕はどっちかって言うと大日向を楽しませなきゃいけないと思ってたけど、噴飯って感じの声を上げたのは蔵並だった。足を広げて座っている強面が不愉快そうに顔を上げる。ちょうどよく笑うっていうのができないから、公共の場でもこういうへまをやらかすんだ。大日向は、フォローしてやるみたいに小声で「ウケるなー」と顔を逸らした。

「自己肯定感は歯と一緒で、日頃から手入れしておかないと取り返しのつかないことになる」僕はおじさんの受け売りの体（てい）を続けた。「初診の歯医者を回って褒められないとやっていけない」

「歯医者がいくつあっても足りない」どもりなしで言ってきたのは松だ。

「歯医者なんかいくらでもある」コオロギみたいに笑っている蔵並には一瞥もくれないで僕は言った。「半年経てば新しいとこもできる。そういうとこは客の確保に必死だから感じもいい。ただ、褒めが大袈裟すぎてよくない時もある」

「能書きだな」と大日向は呆れ顔だった。「でも歯医者って、定期検診のお知らせとか送って来るじゃん？　たまるだろ」

「大量に来てたよ。今も時々来るし」

たいていはパステルカラーに彩られたハガキを、おばさんが来るたびにまとめて捨ててた。前に一度、大事な郵便物を捨てて大騒ぎになって以来、うちのじいさんばあさんたちは郵便物を捨てる権利を与えられてないんだ。歯医者のハガキが必要ないことぐらいわかるんだけど、その時はなにしろ口汚い罵り合いだったから意地になっちゃって、廃品回収のチラシとか水道修理のマグネットとか、郵便受けに入るもんはなんでもそれ用の箱の中に入れておくんだよ。そういう些細な軋轢（あつれき）の賜物がこの世にわざわざ場所をとっているのが目に入ると、うんざりするよ。

「そんな人と一緒に暮らしたかったか？」と蔵並が言った。

さっきまで笑っておいて、一段落ついた途端にそんな質問をぶつけてくるんだ。気分を害するほどでもないけど、自分でもわからないから黙っていた。

「それを確かめに行くんだろ」と大日向の助け船が入る。「オレもそんな人、いやだけどな。みみっちくて」

下調べ済みの蔵並にくっついて、大宮駅で埼京線、武蔵浦和駅で武蔵野線に乗り換える。途中、車両点検だかなんだかで東所沢って駅でしばらく待たされた。東所沢は所沢の東にあるんだろうけど、なんで所沢の東なんかで立ち往生しなきゃいけないんだ。こういう時の電車って、ぼんやり口開けた間抜けに見える。松もそういう集中力に欠けた顔をし始めたから、席を見つけて座らせてやった。僕は、地元よりも断然種類の多い車内広告を見るのも退屈してきて、蔵並に声をかけた。

「帰りもこんなことがあったら最悪だな」

「だから早く済ませるんだ」と仏頂面で言う。「日野に着いたらどうする」

「おじさんの家に行く」

「いなかったら？」

「おじさんを待つ」

それから次から次へと「仕事に行ってたらどうする」とか「会えなかった時の覚悟はできてるんだろうな」とか、まるで母親か父親みたいに問い詰めてきた。はぐらかしていたけどしつこいし、しまいには取り調べか口頭弁論みたいになってきたから腹が立ってきた。「転職してる可能性だってあるだろ」と別の言い方をしてきたまでは別によかったんだけど、問題は次のやつだ。いかにも世間知らずの坊っちゃんって感じの台詞。

「ちゃんと朝からの仕事をしてるかもしれないだろ」

「おじさんがするのは、夜中に一人で黙ってできる仕事だけだ」僕は名誉のためにはっきり言った。「人と関わる仕事は絶対にしない。ちゃんと選んだ上でしないんだ」

剣呑(けんのん)な雰囲気ってのが伝わったんだろう、大日向が性懲りも無くとりなすように「つくづく変わり者だな」と言って気を引こうとしてきた。

「それから」僕は構わず蔵並に言った。睨みつけそうになったけど、目玉だけはなんとかゆるめて視線を床に落とした。「覚悟はできてるのかって言ったろ。じゃあその覚悟ってのができてない場合、どうなるか考えてみろよ。僕はその時、おじさんが帰って来るまでずっと待つんだって座り込んで、てこでも動かなくなるんだよ。その時、お前は敢えなく特待解除だ。つまり、僕の覚悟とお前の覚悟は表裏一体なんだ。それをわかって発言しろよな」

結局、僕の迫力不足なんだろう、蔵並にひるんだ様子はなかった。往来で他人の子供のしょうもないわがままでも耳にしたみたいに目をそらした。そして、いかにも事務的な口調で言った。

「日野から15時29分の電車に乗れば、16時51分に新浦安に着く。これがぎりぎりだけど、もっと早く戻りたい」

「心配するな」わざわざ調べてくれていたらしいのに免じて、僕は折れてやった。実際、すぐに終わるつもりだったんだ。「なんたって夜勤だから」

「水族館ぐらい、みんなで一緒に行けるといいよな」大日向はまだ火消しのつもりらしい。

「園だ」

不機嫌にまかせてぴしゃりと言ったら、今度は松が息を全部吐き出すみたいに笑った。僕はそれを見下ろしながら、そんなことをわざわざ言う自分に驚いていた。

やっと電車が動いて、西国分寺駅ってところで中央線に乗り換えた。ずばり、国分寺の西にある駅だ。日野駅に着いた時には十一時半をだいぶ回っていた。僕の地元よりは比べようもなく栄えてるんだけど、予想通り、それほど冴えた街って感じでもない。勘弁してほしかったのは、駅とか町の至るところに新撰組の「誠」がはためいてたことだ。あのだんだら模様の赤いやつ。青いのもあった。なんでも日野は土方歳三の生まれ育った地で、近藤勇も沖田総司もここで稽古に励んだってことらしい。学校の授業であの旗が出るたびに身構えたもんだけど、幸か不幸か、僕の名前として認識する人間は誰もいなかった。この時も。

おじさんの家は、駅から南へ一キロほどいった日野市役所のそばにある。市役所通りと名付けられた道を選ぶと、そこは長い上り坂だった。台地へ上がるために掘り抜かれた坂道で右も左もコンクリート擁壁がそびえて、谷底って感じがする。裸のイチョウが並ぶ坂の果てに地平が見えるんだけど、途中に道路橋がかかって、雲の霞んだ空が四角に縁取られていた。そこはまるで別世界へのトンネルのよう――こういう陳腐な比喩って、どんなに無様な研鑽を積んだところでまったく思い浮かばなくなるってわけじゃないらしい。

「松、いけるか？」と大日向が訊いた。

細い目をますます細めて坂の上を見ていた松は、大日向を見て「い、いける」と力強くうなずいた。

僕もしんどかったから、松は大丈夫じゃなかっただろう。道路橋をくぐっても、坂はまだまだ続いていた。疲れを見透かしたようにぽつんと置かれたベンチに、松は何も言わずに座った。道路に背を向けて、目の前はコンクリートの壁。年寄りが日常的に使ってるものなんだろう。僕もいつか、こういうものを心からありがたく思うようになるはずだけど、松は今にしてそうなんだ。僕が言い出さなきゃ、松はこんなところに一生来なかったはずなのにさ。

もちろん僕らは、そこでちょっと休憩することにした。松は開いた足の膝に肘をのせて、手を組み合わせ、まっすぐ前を睨みつけていた。

「少し休めば、また歩ける」

どもりなしの余裕の口振りが面白くて三人で笑った。大日向はちょっと遠慮があったのか、「かっこいいな」とわざと口に出した。それから松に向けて「ゆっくりでいいよ」と言った。

でも、松はすぐに立ち上がって歩き始めた。坂を上りきってしばらく行くと大きめの公園があって、その向かいが市役所だ。僕らは公園を突っ切って近道することにした。木々が多くて見通しが悪い、なかなか落ち着くところだ。

松がまた何も言わずにベンチに座るから、今度は僕らも休むことにした。目の前には、ところどころ禿げ上がった芝生の広場があって、首の後ろに日よけを垂らした帽子の園児たちが散らばって、思い思いに遊んでいる。木の下に敷かれた大きなレジャーシートの上には、大小色々の水筒が所狭しと並んでいた。

「あのおばちゃん、かなり上手いな」と大日向が言った。「猪間より上手い」

サッカーの相手をしているよく日焼けした短いポニーテールの保育士は——おばちゃんと呼ぶかは議論の分かれるところだけど——素人の僕から見ても大したものだった。男の子が体ごと激突するみたいに蹴った軽くて大きなゴムのボールを足に当てて浮かせると、優しいタッチで正確に男の子の方に転がしてやる。

「サッカーって、女子はどこでやるんだ？」と蔵並が訊いた。勉強のこと以外は何も知らないらしい、ほんとに。

「今時、女子のクラブチームぐらいあるよ。女子校の部活でもあるし。高村先生だって、高校はサッカー部だろ」

初耳だったのは蔵並も一緒だったらしい。僕は黙って知った顔をしたけど、奴さんはわかりやすく身を固くしていた。僕と大日向の間に座ってたんだけど、右にも左にも顔を動かそうとしない。

「へえ」知っててすっとぼけてる風に聞こえればいいと思いながら僕は言った。電話友達なら、そういう話も聞いてるべきだろう。「あれくらい上手いのかね」

「途中でマネージャーになったらしいから、上手くはないだろ。なんか、キャプテンにマネージャーになってくれって言われたみたいな話でさ。そしたら、そのキャプテンから個人的にマッサージとか頼まれたりするようになったって。練習終わりに部室で二人っきりでやったりとか。ヤバいよな。でも別に普通っていうか、代々あったらしいよ、そういうことが」

僕は顔色を変えないように気をつけたけど、内心けっこう驚いてた。だって、あんまり颯爽と受け容れるようなことじゃないから。

「そういうことって？」蔵並が眉をひそめた。

「だから、キャプテンとかエースに世話係みたいなのがつくみたいなこと。しかもちょっと、顔のいい後輩が」

でもそういうのって、誰しも少なからず備えてるものかも知れない。僕だってこのまま四人でどこまでも行くんだったら、いつどうなるかわかったもんじゃない。それこそ大日向なんて顔がいいし、髪質もちょっと小川楓に似てるから、肩までのびて毛先の方に軽い癖が出てきたりしたら――まあ、とにかくなんだ、べつに先生のセクシャリティがどうだろうと何も言う気はないんだ。ただ蔵並とのことを思うと、ちょっと話が変わってくるじゃないか。いや、あきらめるしかないって方向に持っていくとしたらむしろ好都合なのか？　そんなこと考えてたら、大日向が言った。

「先生にそういう気があったのかは知らないけどな」

「そういう気？」

大日向は何と言っていいやらという風に、どこまでも鈍い蔵並を飛び越して僕を見た。珍しく投げやりな感じで「わかんねえならいいよ」と言った。

蔵並がちらっと僕を見る。どうやら解説を希望してるらしい。一瞬、一芝居打ってその方面で丸め込んでやることも考えたけど、口から出たのは当たり障りのない独り言めいた台詞だった。「そういうのってほんとにあるんだ」みたいな。個人的事情のために、風説の流布をやらかすわけにはいかないからさ。ただ困ったことに、僕がお茶を濁したのはもうちょっと別の理由もあった。つまんない話になりそうだから、あらかじめ改行しておこう。僕には学習能力というのがあるんだ。

例えば、僕が小説なり脚本なりを書いているとしよう。そこでまあ、この世の常として、好きになれそうもない人間が出てくるとする。でも僕としては、そいつがそんな人間だからって理由で苦しんでほしくないんだ。例えば、猪間がどんなに間抜けでくだらなくてサッカーが下手だろうと、間抜けでくだらなくてサッカーが下手なりに、つらい思いをしてほしくない。現実ではいつか絶対にそんな場面がやって来たり、すでに味わったりしてるにしても。で、問題はここからだ。これが逆に、何らかの美徳ありと僕が認めている人物が出てくる場合、僕はその人を小説や芝居の中でさんざん苦しめるのにやぶさかではないという困ったことが起こってしまうんだ。しかもそれはAT分類とかおバカさんの勝利とかそんなことじゃなくて、僕の感じでは、あなたのことは他ならぬこの僕がわかってるんだからいいじゃないかっていう、なんとも傲慢な態度のためなんだ。だから、ここで僕が口からでまかせをやるとすると、先生のつらい、少なくとも愉快ではないレズビアンかなんかの物語を紡ぎ出しちゃうって悪い予感があった。ただ単に、先生をいい人だと思ってるって理由で。

「女子は予定通りに動いてるってさ」大日向がスマホを見ながら言った。「今、新大久保だけど、先生からの連絡もないって」

「それ、井上から?」と僕は訊いた。

「そう。〈結衣ちゃんが泣いた以外は異常ありません〉だって。畠中、泣いたのかよ」

気になったみたいで、蔵並も松もスマホを出した。いつの間にか、グループでやりとりできるようになってるらしい。電車の中とか、歩いてる時とか、ちょこちょこスマホを出す間にそういうのが完了してるんだ。

「なんで泣いたって?」と僕は言った。

「いや、それしか書いてない」と大日向は僕に画面を見せてきた。「佐田もラインぐらいやれよ」

「やる人いないから」

「ラインするぐらいの関係ではあるだろ」大日向は独り言みたいにつぶやいた。こんな僕相手にも会話の心得ってやつを惜しまない。画面に目を落としたまま「もう、さすがに」とかやってくるんだ。

「昼飯、どうする」一方の蔵並は急にそんなこと言うし。

「お前さ」大日向は呆れたように笑いながら、また僕にスマホの画面を向けた。「ライン見たからって」

そこには、チーズドッグとか、ハムや卵を挟んだ分厚いトーストサンドイッチとか、虹色のわたあめとか、甘そうなチョコレートドリンクとかの写真が並んでいた。最後に「情報共有しておいてください」と井上の発言がついている。頑なに班長の口調なんだ。

「こんなん食わねえよな」と大日向は首を傾げた。「あと、向こうは昼メシ早いな」

「松」蔵並が珍しく呼びかけた。「誰かに訊かれたらこれを食べたって言うんだ」

「これ、な、な、何？」

「わからん」蔵並は首を振りながら、虹色のわたあめの一番どぎついとこを拡大していた。

「女子に無理やり食べさせられたんだから、俺たちは知らなくていい」

その時、広場の僕らに近いところにいた女の子が一人、何気なく、落ち葉を両手にすくって投げ上げた。立派なケヤキが二本並んでて、その下はまだ落ち葉でいっぱいだった。僕らの方からも、低い宙を舞う葉が陽光を受けてきらきら光るのがわかった。女の子はしばらく息を潜めるみたいに立っていたけど、やがてしゃがみこむと、今度は両手に山と盛った。さっきより強い輝きが目の前で滝をつくる。彼女はきょろきょろ辺りを見回すと、レジャーシートの前のベンチで荷物番をしている保育士の方に走っていった。申し訳なさそうに手を合わされたのを見ると、断られたらしい。でも、あんまりめげた感じもなく戻ってきた。一人でもう一度やって確かめると、手を払って腕をまくった。また辺りを見回し、そう遠くないところから女の子を一人連れて来て、手本を見せてやる。きらめく光を不思議そうに見上げていたお友達は、控えめな量で真似をして、手ずから生んだ美しさに胸を打たれた。二人は顔を見合わせ、一緒にしゃがみこんで落ち葉をすくう。飽かず繰り返すうちに、何の目的もなさそうにそこら中を駆け回っていた男の子が、真横に突如現れた光の反射に目を奪われて立ち止まった。じっと見つめて委細を承知すると、自分もしゃがみこむ。足元の葉をすくい上げた勢いそのまま投げ上げる。その思いきりの良さが広場にちょっとした流行を呼ぶのに、それほど時間はかからなかった。人が人を呼び、あの震える光の中になるべく長くとどまろうと七、八人が結託する。その野心がために光は遮られ、きらめきは失われていた。みんなで出すつもりの歓声を思いとどめて不思議そうに宙を見上げる。ほとんど同時に、それを遠目に見ていた若い母親が、彼らよりもさらに小さな息子をささやかな落ち葉と光で包んでやり、公園中に響く嬌声を引き出した。

僕らは一言も喋らず、全員でその様子を長いこと眺めていた。僕が一番ぐっときたのは、その遊びの偉大な先駆者が、おしまいの方にはその輪を離れてたことだ。彼女は一度、自分の水筒に戻って喉をうるおすと、荷物番の保育士と話を始めたまま、二度と戻らなかった。

そういうのを見て松が何を考えてたのかは、僕にはわからない。でも少なくとも、間の悪いところで出発しようとはしなかった。松がそうしたのは、園児たちに集合がかかったところだった。自分もそこへ行こうとするみたいに、勢いよく立ち上がった。

公園と市役所から離れるように進むと、閑静な住宅街だ。台地のへりにあたるらしくて、道の突き当たりのガードレールの向こうに町並みが小さく見下ろせた。

「次を左」僕は地図を見ながら言った。「それで着く」

「いよいよ会えるぞって感じか？」先を行く大日向はなんだかはしゃいだ感じで、後ろ向きに歩きながら僕に訊いた。

「べつに」と正直に言った。

「もうちょい盛り上がってくれよ」とつまらなそうに言う。「せっかくついてきたんだから」

「勝手に残ったんだろ」

「盛り上がらなくていいから、早く終わらせて帰ろう」蔵並が後ろから言った。

「そういやさ」大日向は蔵並を無視して言った。「オレらもおじさんに会っていいの？」

「ダメだ」

「なんでだよ」大日向は後ろ向きのまま止まって、松がそばに来るのを待ってから、並んで歩き出した。「松だって会いたいよな、佐田のおじさんに」

「あ、会いたいけど、でで、でも、佐田くんが、あ、会えればいいから」

「でも、歯、見たいだろ？」

松は「み、みみみ見たい」と答えてから顔を輝かせた。

「ダメだ」

「なんでだよ」と大日向が食い下がる。「遠くから見るぐらいならいいだろ」

「人がいたら出てこない、絶対に」

「猫かよ」

「猫だ」

「猫ではないだろ」

松だけがバカ笑いって感じのを二秒だけして、またすぐ真面目な顔に戻った。そういう時はなんだかちょっとおっかない。なんとなく松の飼ってる猫の名前を思い出そうとしたけど、無理だった。ポケモンの名前だったってのは覚えてたんだけど。

「そっとしておけばいいだろ」と蔵並は言った。

そうこうしてるうちに、おじさんのアパートに着いた。事前にストリートビューで見てたし、特に何を思うって感じでもなかった。何の変哲もない、古いけど造りはしっかりした三階建てが三棟並んでいる。その真ん中の三階ってことらしい。階段口のとこにアルミの郵便受けが六つ並んでるけど、どこも表札はついていない。大量のチラシが突っ込まれてはみ出してるのも一つあったけど、おじさんの部屋じゃなかった。

ひしひしと感じたんだけど、この住環境は三人が予想していたより百倍ひどいものだったらしい。無人駅から学校に通う田舎者の僕とちがって街のお坊っちゃんだから、オートロックのない集合住宅に住んでる親族は想定外なんだ。そのまま入って行こうとしても、誰もついて来る様子はなかった。大日向をちらっと見たけど、まあやめとくって感じでひらひら手を振った。そりゃ僕だってここで暮らす気にはならない。でも、おじさんの方では、ここで僕と暮らそうと思ってたらしい。

やたらと足音が響く階段で三階まで上りきると、右と左にスチールのドアがあるだけのがらんとした空間だ。表札は出ていないけど、部屋番号は間違いない。ドアは救いがたいエメラルド色に塗られて、なおかつ傷だらけだ。いかにもおじさんが出てきそうな感じではあったな。

結局、何年ぶりなんだっけ？　そんなこと言ってちがう人が出てきたらどうしよう。でも、知らないおばさんとかが出てきたら、その時は今日ここまでの顚末をすっかり聞かせてやりたいなと思った。そういうことを面白がって聞いてくれる人ならいいなと思いながら呼び鈴を押した。正直言って中の物音なんか全部筒抜けって感じのドアなんだけど、しんと静まりかえっている。一応ついてるドアスコープを見つめてしばらく待っても、うんともすんともない。僕は少しほっとしているみたいだった。

二階の踊り場で顔を出して合図しようとしたら、三人は敷地の隅っこまで移動していた。だいぶ距離があって気付く様子もない。大日向が腕組みを解きながら屈みこんで、松の紺っていうより青に近いようなナイロンコートの裾をぴらぴらやった。松が何か答えるけど聞こえない。蔵並は自分の古風なダッフルコートの一番上のトグルを外して生地をつまみながら、しきりにうなずいている。どうやら、コートの厚みとか防寒性についてあれこれしゃべってるらしい。僕が感動の再会をしてるかも知れないって時にさ。改めて遠目に見ると、蔵並と松のコートは高二の終わりのこの期に及んでサイズに少し余裕を持たせてあるのがわかった。間違いなく母親の選んだやつだ。大日向のはそんなこともなさそうな、意思を感じるグレーのPコート。三者三様だけど一つだけ間違いなく言えるのは、どれもこれも上等なやつだってことだ。そういうのを見下ろしてると僕には、彼らが裕福な家でそれぞれの作法で何はともあれ愛されて育ったってことが、今回の成り行きと無関係ではないように思えてきた。幸福な家庭はどれも似たものであるってのが本当なら、幸福は分け与えられるのかも知れない。

しばらく眺めていたけど、奴らは全くこっちを見る気配がない。埒が明かないから下りていった。一応、緊張感を取り戻して、神妙な顔で迎えてくれた。

「いなかった」

そう言うと、三人ともかなり驚いて顔をゆがめた。

「何してたんだよ」と大日向が言った。「十分以上経ってるぞ」

「十分？」何を言ってるんだと思った。「そんなに経ってないだろ」

「いや」と蔵並が腕時計を見ながら言った。「経ってる、十一分」

僕がアパートの階段を上っていった時刻とか自分が今まで食ったパンの枚数とかをいちいち覚えてやがるんだ。確かにゆっくりはしていたけど、どこでそんなに時間を喰ったものか、僕にはぜんぜんわからなかった。

「じゃあ、ま、待とう」

「どれくらい待てるんだって？」僕は一応、蔵並に尋ねた。

「二時までだな」と蔵並は言った。

僕は思わずむっとした。15時29分の電車がぎりぎりにしては、ずいぶん余裕を持たせたもんだ。

「引っ越したりとかしてないのか。それだと、待っててもしょうがないぜ」

大日向のもっともな指摘で、何か手がかりがないかと裏に回ってベランダを覗いてみた。僕は思わず笑ってしまった。干された少ない洗濯物の中に、ベティブープのTシャツがあったからだ。緑のドレス着てアメリカンバイクに腰かけてるやつ。

「どうした？」大日向が嬉しそうに言った。「あのTシャツか？」

「見覚えある」と僕はうなずいた。

実際は、見覚えがあるどころじゃなかった。例の喧嘩で家を出て行く時、おじさんは家の中をものすごい足音で歩き回って、簞笥から押し入れから、里帰り用に置いてた自分の服や物を紙袋に突っ込んでいった。こっそり見てたら、押し入れの中のプラケースからベティブープが引き抜かれた。そして、既にたくさんの物が喉元まで詰まった紙袋に――おじさんが持ってきたお土産の紙袋だったと思う――何回かに分けて押し込まれていった。僕が最後に見たおじさんの姿だ。今、ベランダでハンガーにかかってほとんどない風にくねくねと体をよじらせているのは、まぎれもなくあの時のベティブープだった。

「よかったな」と大日向は言った。「起きて洗濯して、ちょっと出かけたって感じか」

そこで待つことも考えたけど、松の体力が心配だったから、お昼にすることにした。それぞれスマホで検索し始める。

「食べたらまた戻って来ればいい」蔵並は言って、スマホを見てるくせしてわざわざ腕時計を見た。正真正銘の時間狂なんだ。「一時間ごとに一回、一時と二時とか」

「そ、そそそれが、最後のチャンス？」これじゃ吃音なのかうろたえてるのかわからないけど、松は異議を唱えるような感じだった。

「それでいいか？」と蔵並は僕を見た。

「なんでだよ」そんなの僕だって異議ありだ。「15時29分に乗ってぎりぎりなんだろ？　三時の回はどこいっちゃったんだよ」

「電車が止まったら最悪だってお前も言ってただろ。最悪を想定して動いた方がいい。乗り換えが上手くできるかわからん。帰り、松がまともに歩けないかも知れない。そしたら三時は無理だ」

「大丈夫」と松は言った。

「いや、無理だ」

「松」と僕は言った。「僕が駅までおぶってやるから心配するなよ」

「おいおい」大日向が反応に困るって感じで言った。僕の体軀の確認をほんの一瞬で済ませてから蔵並を見る。「じゃあさ、間をとって二時半で最後にしようぜ。一時間あれば余裕で駅には戻れるし、もし電車が止まったってなんとかなるだろ。一時、二時、二時半。それで終わり」

　僕は蔵並が何か言うまで黙っていようと思ってたけど、向こうもそうだったらしい。睨み合いに業を煮やして、大日向はスマホを出した。

「もう、その予定で班長に報告しちゃうかんな」ふざけてるみたいな口調で、目を合わさずにさっさか指をはじき始める。「後から文句言うなよ。最後、二時半にここに来て、会えなかったら帰る。それで決まりだ」と凄んで、僕と蔵並の方にそれぞれ手をかざした。僕に向けられた手にスマホがあって、誰が押したか、知らないウサギのキャラのスタンプが見えた。やってなくてもスタンプぐらいは知ってるんだよ。「もうここからはメシの話だけだ」と大日向はきっぱり言った。

べつに二時半ってのは合理的な判断だと思うんだけど、この大岡裁きはけっこう憎たらしかった。三方一両損って感じでもないし。だいたい僕にだって、松を駅まで背負うぐらいわけないんだ。おふざけとか試されるとかじゃなく、もし本当にそういう状況に陥って背負わなきゃいけないとしたら、僕はちゃんとできるはずだ。

それでいざメシの話になったら、近くには回転寿司屋と牛丼屋ぐらいしかなかったんだけど、大日向の奴、スマホをいじって班長への報告を作りながら「寿司はやめよう」とか言い出した。

「オレ、生魚ムリだから」

「生魚を食べなきゃいいだろ」僕としては、イワシの頭でもなんでも使って憎まれ口を叩きたい気分だったんだ。「納豆巻きとかハンバーグ寿司とかを食べてろよ」

「だとしても、お前らは魚の寿司食うじゃん。同じテーブルにあるのもきついんだよ。そもそも、においがムリでさ。正直、店に入るのだって――」

「においなんてするか?」蔵並も似たような気持ちだったんだろう。露骨に不愉快そうだった。

「するだろ。においっていうか、空気感っていうか。生魚がいっぱいある雰囲気」

もうわかったから牛丼にしようと決まりかけたら、今度は松が異を唱えた。

「松屋だからイヤだ」と半笑いで言うんだ。

冗談かと思ったら、ずっと意見は変わらなかった。僕らは松の意見を尊重しないようにはできてないから牛丼もナシだ。コンビニで買うかとか言いながら、まだ時間はあるし、いったん公園まで戻ることにした。道ばたで話してるのもなんだからさ。

僕らは大きなユリノキのそばにあるベンチに座った。目の前に遊具があるけど、平日のお昼時だから人っ子一人いない。道路を挟んだ赤煉瓦の市役所庁舎から職員がぞろぞろ出てきて、ちょうど休憩時間らしい。それを見ながら、ピザはどうだと大日向が提案した。駅前にデリバリーピザの店舗があるらしい。

「出前のピザだろ、これ」と蔵並がスマホを見ながら言った。

「取りに行ったら、もう一枚タダでついてくる。四人でＬサイズ二枚ありゃ十分だろ」

「タダ？」蔵並が目を剝いた。「一枚タダになるのか？」

「そうだよ。ＣＭとかでもやってるだろ」

「知らん」と蔵並は言った。情報から遮断されてるクチなんだろうな。「頼んだこともないし」

「マジで？」

「うちもない」と自己申告した。「世間知らずじゃないから知ってはいるけど」

「一回もか？」

「なんかあった時の仕出し弁当ぐらいだな」

その割烹の主人の勝又仁徳って奴とうちのじいさんが同級生で、運んでくるたびに話し込むんだ。こいつが名前に反してとにかく遠慮のない奴で、僕を見つけると必ず、初めて会った時の僕がどんなに小さかったかって話をする。その初めて会った時って、僕の母親の葬儀の時なんだ。こっちは記憶もないのに。

「老人たちと田舎で暮らしてると、ピザをとろうなんて発想にはならない。歯もないし」

「入れ歯とかしてるだろ」大日向はスマホを見ながら「そういうこと言うなよ」と僕に注意して、本当にいやそうに顔をしかめた。「松はピザとったことぐらいあるよな?」

「うちはよく、デ、デリバリーする」

「だよな?」ほっとした顔を浮かべて僕と蔵並を見やる。「一回もないのかよ、変な奴ら」と文句を言ってすぐに「じゃあ、オレが急ぎで買ってくるか」と続けて立ちあがった。「時間もないし」

僕と蔵並はふいをつかれて、大日向をぽかんと見上げた。

「食えないものあるか? アレルギーとか」

「ないけど」と僕は言った。「松は?」

「ハウスダスト」

「ハウスダストは食わないだろ」

大日向に一言で片付けられて、松はぽかんとしてた。僕は笑いそうになったけど、蔵並が「俺もない」と言って会話が流れたんで我慢した。

「じゃあオレに任せろ」と大日向はもう歩き出していた。「行く途中で注文して、そのまま取って帰って来たら、三、四十分で戻れるだろ」

大日向はそれだけ言うと、スマホを見ながら、やたら早足で歩いて行った。金のことも何にも相談しないで、待ち時間だってわかったもんじゃない。一人で行くのもよくわからない。まるで僕らから一刻も早く離れようとするみたいだった。

「なんだ、あいつ」さすがの蔵並も不審がった。「待ってればいいのか?」

これは何かあると思ったら、なんだかいてもたってもいられなくなった。

「松を見ててくれ」あせってそんな言い方をしてしまいながら、僕は立ち上がった。「ちょっと尾けてみる」

「見つかるなよ」蔵並はちょっと楽しそうに言った。

さっき来た市役所通りを駅の方に戻っていく大日向の三十メートルぐらい後ろを追いかける。僕は、大日向が小川楓に電話をかけるんじゃないかと考えていた。でも、電話どころか注文する様子もない。いっそ走ってしまえばいいのにと思うような速度で、踵を地面になすりつけるみたいにして、振り返る気配も余裕もなさそうに、まっすぐ前を見て歩くばっかりだ。それがなんだか身に覚えのある歩き方で、僕はずるずる小走りで追いかけながら、尾行なんて思いつきをやったことを後悔し始めた。

と、急に速度を上げた大日向が、コンビニの広い駐車場を斜めに突っ切り、自動ドアが開くのも待てないぐらいの勢いで飛び込んだ。はじめからここを目指してたんだろう。店内、最短距離で雑誌コーナーの前を駆け抜ける姿を、苦悶に張り詰めた横顔を、僕はガラス越しに見た。消えてった方をちょっと覗き込むと、やっぱりトイレだ。狭い個室で、便座に腰を下ろし、僕らのためにピザを注文する大日向を想像して、僕は心底まいってしまった。

とぼとぼ引き返しながら、公園にもトイレぐらいあっただろうと不思議に思った。案内図を見て行ってみたら、これでもかってぐらいに使用禁止のテープが張ってある。最初に歩いた時に確認していたんだろう。

救いだったのは、蔵並がそれほど興味津々って感じじゃなかったことだ。膝の上に開いている本から僕に移した目は、すぐにまた本に落ちた。

「どうだった？」

「べつに」と答える。そう言うほかないじゃないか。「普通に駅前の方に歩いてくだけだから、引き返してきた」

「わけわかんないな、あいつ」

本を覗くと〈帯に短したすきに長し〉ということわざに、ドラえもんの四コママンガが目に付いた。ママの編んだセーターが、パパには小さいし、のび太には大きいし、ドラえもんは頭さえ入らない。ことわざの学習マンガだ。

「懐かしいの読んでるな」

「松のだ」

蔵並は指を挟んで閉じると裏表紙を見せてきた。バーコードの下に「松」と書いてある。でも、それよりぼろぼろのカバーが気になった。色は薄れてるし、あちこち破れて染みもある。

「なんでこんなの持ってきたんだ？」

「こ、ここここれを持ってると、い、いいことがある。中学の、にゅ、入学試験にう、う、受かったし、お、おお、お母さんも」忘れたけど確か、なんかの資格試験に受かったみたいなことを言ってた。「あとマンガが、お、おもしろい」

「でもこういうのって、ほんとのドラえもんの人が描いてるんじゃないだろ」何にも知らない蔵並が知った風に指摘する。

「ドラえもんは誰が描いたっていいんだよ」

そしたら著作権がどうとか一丁前なことを言い始めたから、奥付を開いて〈ほんとのドラえもんの人〉が〈まんが監修〉をやっていることを説明してやった。だいたい、描くも書くも、ほんとに自分がやってるのかなんて怪しいもんだ。ふいに大昔に書いた冒頭を読み返すと、わけのわかんないことをぐちゃぐちゃ書き並べてるもんだから絶望的な気分になる。何はともあれ書くことはできる。でも、一度書いたものについては監修をやるほかないんだ。その事実に直面すると、僕はいつも音を上げそうになる。

大日向から連絡がきて、十二時四十五分には戻れるとのことだ。で、本当にその時間きっかりに戻ってきたから、蔵並は満足げだった。それまで蔵並はずっとことわざ辞典を読んでいた。それもざっとじゃなくて、ページの隅から隅まで熟読するんだ。勉強のできる奴ってそういうもんなんだろう。

戻ってきた大日向の顔を、僕はまともに見られなかった。けど、初めて見るＬサイズのピザってやつはなかなかすごかった。平べったい大きな紙箱が二つ、底が浅くて広いビニール袋に重ねて入ってるんだ。これ持ってまたあの坂を平気で上るんだから、さすが運動部だ。しかも、腹を下して用を足したついでになんてさ。

どこで食べるかでちょっともめたのは、公園に少なからず人がいたからだ。考えてみたら、平日の真っ昼間に高校生が公園でピザ食べてるのって、あんまり好ましい状況じゃないんだよ。

「しかも役所の真ん前だしな」大日向はピザをベンチに置いた。

公園でお昼を食べていた職員たちが戻っていくのを目で追っていると、出入り口の車止めのポールが何本も立ってるとこにいる警官に気付いた。自転車にまたがったままこっちを見ている。そんな話をしていたところだったから、心臓が止まりそうになった。

案の定、警官は自転車を駐めてゆっくり歩いてきた。その頃には、全員がその濃紺の活動服姿を認めていた。茂みでいったん姿が見えなくなった時、僕は言った。

「べつに悪いことしてるわけじゃない」

返事はなかった。みんな心ここにあらずって感じだった。再び現れた警官はしっかり僕らを見据えている。かなり若そうな奴だった。僕らの前に立つと、わざわざ後ろ手を組んでからにこやかに尋ねた。

「君たち、学校は？」

「修学旅行で東京に来たんです」と僕は言った。

「やっぱり」警官の声には、賭けに勝ったような喜びがにじんでいた。「見ない制服だと思った。ズボンのそんなチェック」

退屈だから話しかけてきたってのが丸わかりだった。危険はなさそうだけど、絶望的に気に食わないタイプだ。田舎者でも何でも、見くびれる相手をとことんバカにしながら、そうとられないぎりぎりの言葉を選んで、一粒で二度、悦に入ってんだよ。どこから来たと訊くから県名だけ言うにとどめた。

「今日は自由行動なんです」

「自由行動？　それで日野に？」素っ頓狂な声を上げると、後ろ手のまま体をくの字に折って訊いてくる。「またなんで、こんなとこに？」

「僕たち新撰組が好きなんで、それで来たんです」黙って嘘ばっかり書きつけてきたせいで、口からでまかせが得意なんだ。「確かにちょっと遠かったですけど」

「じゃあ、あれ」と言って腕を振り上げながら市役所の方を指さす。そのまま落ちるにまかせるようにした手が腿のあたりに当たって、パチンと高い音を立てた。「歴史館は行った？」

「これからです」指さした方向に、そういうのがあるらしい。

「じゃあ、気をつけろよぉ」と警官は急に楽しそうに言った。「あそこのスタッフがさ、まあ全員じゃないだろうけど、若い女の子にだけえらい丁寧に接するんだって。意外と新撰組オタクみたいな女の子が来るみたいなんだけど、そんな時は精一杯、懇切丁寧にもてなすらしいんだよ。で、おじさんとかが来ると、挨拶しても洟も引っかけずに引っ込んでくって」警官は笑いながら腕を組み、おかしくてたまらないという感じで縮こまった。「いや、これ本当の話、そういうのを相談されたことがあんの、おじさんに。さっき行ってきたんだが私は相手にされなかった、とか言ってさ。そんなん言われても、こっちは困っちゃうだろ？　大変だよ、お巡りさんも。態度を改めてくれって指導できる立場でもないし。ただ、さすがに学生さんにはどうだろうな。そこまで露骨にはやんないと思うけど、どうかね？」

死にたくなるほど有益な情報をくれる相手の問いかけに、僕は首を傾げて応じた。もう一言も喋りたくなかったんだ。

「なあ？」よくわからない同意のあと「ていうか君たち、新撰組好きなの？」と警官は言った。「全員、ちゃんと？　無理やり一緒に連れて来られてる子もいるんじゃない？」そして、疑いの目を大日向に据えた。「君も？」

「そうっす」大日向は心を開いてたまるかって言い方をした。

「へえ」と警官は大げさに目を丸くした。「かっこいいのに？」

「どういう意味すか」

「君も？」大日向の鋭い目つきをかわすように松の方を向いた。そして、にやにやしながら質問した。「君は、新撰組の誰が好きなの？」

松は答えようとしたけど、苦しそうに何か呑み込むか、もしくは吐き出すか、そのどちらもできないみたいな難発を繰り返した。それから何度も「あの、あの」とだけ言い続けた。

「なに、あのちゃん？　アイドルの？」警官は松の方に耳を向けて笑った。「俺も好きだけど、あのちゃんは新撰組じゃないな」と声を張り上げ、僕をちらっと見た。

このくそったれは、それで僕が笑うと思ったらしい。自分の台詞を耳にした僕が、たまらず笑っちゃってるんじゃないかって期待しやがったんだ。ちょうど僕の目線の先に、ケースに収めた拳銃があった。そいつを奪って、こいつの頭の中にいる腐れきった僕を、こいつの頭ごと吹っ飛ばせたらどんなによかっただろう。

結局、松は答えられなかった。警官も冗談が空振りになったとわかるや、まったく突然に、僕らから興味を失ったみたいだった。帽子のつばにちょっと触れると、訊きっぱなしにした松に言葉をかけることもなく、自転車の方へ歩き出しながら言った。

「修学旅行、楽しんでね」

誰も返事をしなかった。警官はちょっと行ったところで、歩いたまま腰に右手をあてて、顔を横に向けた。まぶしそうに遠くを見るその顔を見た瞬間、僕はどうしようもなく激しい怒りに襲われた。沸いた頭が一瞬で描いた暴力のまま、足元の警棒ほどの木の枝を手にしていた。ベンチに座ったまま思いきり投げつけようと腕を振った時、蔵並がとっさに僕の肩をつかんだ。勢いよく回転しながら飛んだ枝は狙いを外れて、すぐ横の木の茂みに飛び込んだ。打たれた葉が派手な音を鳴らした。

その木陰から一羽のカラスが泡食って飛び出したのと、警官が振り返るのがほぼ同時だった。僕らの視線はカラスを追いかけて下がって上がり、警官の目もそれに続いた。どういうわけか、僕の投げた枝は落ちてこなかった。警官は不審そうにしたけど、二度と僕らを見ることはなく、自転車に向かった。

警官が消えるまで、蔵並は僕の肩をつかんだままだった。

「お前、バカか？」と言ってぐっと力をこめた。大した力じゃなかったけど、本気なのはわかった。「狂ってる。とんでもないことになってたぞ」

「その通り」持て余した興奮が嘲るような言い方をさせた。「僕は狂ってるんだ。やっと気付いたのか？」

「おい」怒気をはらんだ大日向の声。ピザの袋をガサッとつかむ音。「さっさと出るぞ、見られてる」

道路の方にいた何人かが僕たちを見ていた。事情を話せばきっと納得してくれるだろうけど、そんな暇はない。そもそも誰かに事情を話してわかってもらったところで、慰められたり安心したりなんかするもんか。この世の仮初めの善意にすがりついたって何にもならない。本当の善意ってのは、たまたまそこにいて飛び去るカラスだけが持ってるものだ。

僕らは逃げるように公園を出た。走ったら、顔に当たる空気が冷たかった。

「とりあえずなんとかなったから、許してやれよ」

「こんな奴に付き合ってられるか」

「ごもっとも」僕は心からそう思ってはいた。でも、自分の正義と悪運に気をよくしてもいた。

「特待生は不良と付き合わない方がいい」

「でもあの警官、最悪だったから」大日向は僕の声にかぶせるように言いながら蔵並の肩に触れた。「お前もむかついてただろ？」

蔵並は払うように肩を回した。「あいつも最悪だし、こいつも最悪だ」

「あいつがいる限り、最悪ではないな」そこは譲れないから言った。「確かに悪かったけど、あんな奴より悪いってことはない」

そういう会話が、早歩きで公園を離れる路上でなされた。松がつらそうだったから早々に走るのをやめたんだ。おじさんのアパートのある通りを過ぎて、台地の縁のガードレールのある道に突き当たる。斜面に立ち並ぶ木々の寒々しい梢が向こうの空を透かしている。下を覗くと、片側二車線の広い道が見えた。

「とりあえず、見つからないところ」大日向のあせりは、事ある毎に手首をほぐす動作に表れていた。

「そんなにびびるなって」僕はまだ興奮冷めやらぬって感じだった。「棒きれが警官に直撃しない限りなんとかなるさ」

蔵並はおっかない顔で僕を睨んだけど、前を向いてからの「とりあえず」って口ぶりは落ち着いていた。「警察が不審がって話しかけてくることはわかった。いつかぼろが出る」それから急に、口ん中でジャムでも煮詰めてるような声になった。「気狂いがいるからな」

「差別語だ」と僕は言った。「どこで覚えた？」

「おい」前を歩く大日向が雑木の間を見下ろして言った。「ここ、下りれるぜ」

ガードレールが途切れたところ、藪の間に斜面を下りる道ができている。大日向はピザを両手に抱えたまま、厚く積もった落ち葉をすべるように下りていった。下で勝ち鬨みたいな声が上がったから、松を先にして続いた。

そこだけ木が一本もなく開かれた、とんでもなく日当たりの良い斜面だった。看板が立っていて、横書きで〈谷ノ上横穴墓群〉とある。

目の前には高架道路の側面が見えていて、斜面はそれをくぐるようにまだ下に続いていた。台地に向かって上がっていく高架道路の中間地点って感じだ。斜面はコナラの多い林なんだけど、遺跡が見つかって、その十メートル四方ぐらいだけ整備がされているらしい。

さっきまでいた上の道からの視線は、藪と木々が隠してくれている。問題があるとすれば、高架道路の歩道から見えることだけど、下の方にいれば、高く茂ったり立ち枯れたりしてる雑草が隠してくれそうだった。

「とりあえず、ここにいようぜ」

大日向は乾ききった大きく硬い落ち葉の海に足首まで浸かりながら、さらに下がっていった。蔵並もそこまで行って、高架を見上げて納得したようだ。松も、落ち葉をつかむようにしながら、なんとか後ろ向きで滑りおりた。大日向に受け止められると、笑みを浮かべた。

そこでピザを食べることになったんだけど、大日向は蓋を押さえながら、僕と蔵並を交互に見て言った。

「食う前に仲直りしろ。しないと食わせない」

僕はすごく腹が減っていた。朝からけっこう歩いたし、それなりに色々あったし、出前のピザも魅力的だった。さっきからふとした時に、いい匂いがしてたんだ。

「お前のピザじゃないだろ」

「まだオレしか金を出してない」

真剣な顔をするもんだから、よっぽどもらしそうだったのを言ってやろうかと思った。そしたら僕はふと、大日向がしょっちゅうトイレに行ってることに気がついた。班の話し合いとか、ホテルとか。

「一つだけ言っておくと、べつに仲直りじゃない」これから食事だし、腹のことは不問にして僕は言った。「こっちは悪かったたって認めてる。もし仲直りっていうんなら、問題は、蔵並に許す気があるのかどうかだけだ。僕にできることはもう何もない。だから僕はピザを食べる。蔵並は許す気になったら食べ始めればいい」

「なんだよ、それ」と大日向は面倒くさそうに言った。「さっきから色々開き直りすぎだろ」

「手をどけろって」と僕は言った。「松が食えないじゃないか」

松はやりとりの意味がわかってるのかわかってないのか、へらへら笑っていた。色々あったから頭が追いついてないのかも知れない。

「オレがここ最近で一番驚いたのってさ」大日向は急にしみじみ言った。「お前がそんなに口の減らない奴だったたってことだよ。井上も小川も言ってたけど、ここに来てさらにだな」

「手をどけろ」と蔵並が大日向に言った。「聞こえないのか」

驚きのあまり口ごもった大日向は、気を取り直してから「お前ら」と言った。でも、少し考えてから蓋に置いていた手を離し、蔵並の顔を指さした。「わかった。その代わり、食べたら仲直りと見なすからな。オレだって付き合ってられるか」

蔵並は黙ったまま大日向から目を離さない。僕はそれをかなり興味深く見物していた。蔵並の奴、あんなことした僕の味方をしてまでピザが食いたいのか？　本気なのか、今後のために丸く収めようと思い直したのか。

「仲直りだぞ、食べたら」繰り返す大日向の顔は悔しそうに歪んでいた。「わかってるな」

まあ、僕としてはどっちだろうと構わないから「子供みたいなことを言うな」と茶化して手をのばした。

ピザは冷めていたけど、この世のものとは思えないほど美味かった。一枚で四つの味が楽しめるんだけど、それぞれ焼き加減も違うだろうにどうやって焼いてるんだろう。それとも、別々に焼かれたのをくっつけたのかな。とにかく祖母の田舎料理で育った僕の味覚じゃとても処理しきれない代物で、ずっと頬がぴくぴく引きつっていた。でも僕の感動は、さっきの「小川も言ってたけど」って聞き捨てならない発言のせいで濁っていた。一方の蔵並は、やっぱり本気だったのかも知れないと思うくらいにがっついていた。

その食べっぷりで安心したのか、大日向はまるで寮母さんみたいに満足そうに見ていた。

「これで仲直りだな」

「無理だ」蔵並はまた別の一切れを自分の近くに寄せたあと、ミネラルウォーターを一口飲んで「こいつは」と僕を指さした。「犯罪者だ、公務執行妨害」

「未遂だよ、未遂」

「ぼ、ぼくは、お、お、おもしろかった」

どもった拍子に、松の持っているピザから具とチーズの冷え固まった切れっ端が落ちた。落ち葉が小さな音を立てて、別の葉がかぶさるように動いて食べこぼしを隠す。松は気付いていないから、僕らもただ次の言葉を待った。

「く、くくく蔵並くん」松は改まるように、ガサガサと音を立てながら向き直った。「あ、ありがとう」

「何が？」

「佐田くんを、ま、守ってくれて」

「礼を言うなら佐田にだろ」蔵並はてかった指をなめながら言った。「佐田は、松のために投げたんだ」

そんなこと、いちいち言うもんじゃない。で、松はそう言われたら素直に応じるに決まってる。落ち葉を膝で何度も踏みながら、まっすぐ僕に体を向けた。

「ありがとう」

「佐田も、蔵並に感謝しろよ」

そう言って大日向は僕に目を流した。後ろに手をついて足まで組んで、もう食べる気はないらしい。見てたところじゃ、松と同じくらいしか食べていなかったはずだ。また腹を下すのが怖いんだろう。

「はっきり言って、マジで危なかったからな」

突き放すような低い声と、見開くように強張った目。ひるんだ自分に気付いて、この物腰柔らかな気の良い男があまり意識させなかった立場の違いみたいなものを思い出した。僕の視線は逃げるようにピザへ下りた。一切れだけ残ってる。僕は蔵並を見た。

「あの時は助かった」とすまなそうに言ってからピザを顎でしゃくった。「食べてくれ」

蔵並は眉を持ち上げて反応すると松を見て、ピザを指さした。松は首を振った。蔵並は黙って、指さす形を解きながらピザに手を伸ばした。

「それでいいのかよ」大日向は力なく笑いながら言った。「なんなんだよ」

蔵並は下に落ちたというかくっついてるわずかな具をせっせとはがし集めながら、面倒くさそうに「何が？」と言った。

「なんでもない。いいから食え」と僕は言った。このくだりといやしい行為をさっさと終わらせたかった。「そのかわり、カラスが来たらちゃんと分けろよ」

冗談が通じたらしく、蔵並は僕を見つめてにやにやしながら最後の一切れを食べた。気味は悪いが、ひとまず機嫌は直ったらしい。単純な奴だ。隣で松も「お、おも、おもしろい」と言った。冗談を言う甲斐のない奴らだ。

「松は」ちょっとむかついて僕は言った。「なんで部屋が別なんだ？」

弱い緊張が走ったけど、大日向も蔵並も松を見た。

「べつに問題なさそうだけど、何かあるのか？」

「そ、そそそんなに、何もない。ただ、く、くくくく薬、を、ののの飲む、時間が、あ、あるから。朝と、夜に」

「そんなの、同じ部屋だって飲めるだろ」

「と、ととと友達といて、ま、万が一忘れたら、こ、ここ困るからって、せ、先生が。ぼ、ぼぼくと、お、お、お、お母さんは平気だって言ったのに」

うちの学校が標榜する自主性って、結局はそういう一線を越えないところにあるんだよ。その薬は飲み続けて数ヶ月で効果が出てくるものらしくて、今が大事なところらしい。どうりでここ最近、修学旅行に来てからも、松の調子がいいなとは思ってたんだ。それは僕だけじゃなかったみたいで、大日向も蔵並も深くうなずいていた。

そんなことしている間に一時を過ぎている。僕だけがアパートに行くことになった。三十分経っても戻らず連絡もなかったら先に帰るように言って出たけど、公園にいた誰かが通報して警官が躍起になって僕らを捜しているなんてことはなさそうだった。

おじさんはまだ帰っていなかった。僕はしおりの一部を大きく破り取って「二時にまた来ます　誠」と赤ペンで書いた。ちょっと考えてから「半」を書き足してドアに挟んだ。


そこは本当に、修学旅行の貴重な時間を使ってわざわざ生き別れた親戚に会いに来た高校生が潜むにはうってつけの変なとこだ。高架道路の歩道は滅多に人が通らなかった。信号に合わせてまとめて通る車の音や振動に、小鳥が樹皮を突っつきながらさえずり回る声が交じった。足の踏み場もない落ち葉の中に一歩でも踏み込めば、ちょうどキーを打ち込むような音を立ててまとめて砕ける。埋もれた足を抜けば、湿った空気が噴き上がって顔を蒸らす。仰向けに寝転がれば、下からしみ出した熱が背中を温める。気持ちがよくって、こういうところに墓を作りたくなる気持ちがよくわかった。墓を作るには冬を旨とすべしってのを、古代人は知ってたんだろう。その墓は埋め戻されて、三カ所に目印の石が積み固められていた。

僕らはそこで長いこと暇をつぶした。女子からの連絡はないらしい。

「ぜんぜん写真の共有しないな、あいつら」大日向は報告を打ち込みながら恨めしそうに言った。「楽しんでるんだろうな」

「後悔してるか?」と僕は訊いた。もっと小川楓の話を聞きたかった。「こっちに来ちゃって」

「ここまで来てそれ言うか?」大日向はスマホの操作をしたまま素っ気なく言う。「同級生が警察に刃向かうのも見れたし、今んとこ満足だよ。あとは感動の再会だけだな」

蔵並は傾斜のゆるいとこでうつ伏せになって、相変わらず松のことわざ辞典を読んでいた。

「そんなにおもしろいか?」と大日向が訊いた。「ことわざ」

しばらく黙っていた蔵並は落ち葉が騒がないように寝返りを打って仰向けになった。ページを一つめくると舌打ちをして、怒ったような声で言った。

「おならとおしっこの話が多すぎる」

僕と大日向は軽く笑った。それから一拍どころか二拍ぐらい置いて、松が火がついたように笑い出した。本当に腹を抱えて、斜面を尻でずるずる滑り落ちながら、ちょっといい声で、ハ、ハ、ハ、ハ、と刻むみたいに笑うんだ。

「お前の本だろ」と僕は言った。

　聞いてるんだか聞いてないんだか、ハ、ハ、ハ、ハ、と続くんでちょっと面白くなってきたなと思って大日向を見たら、もう枯れ葉の中に片手をついて声を立てずにひくひく笑っている。よく聞いたら高架下の空間で微かに反響してるハ、ハ、ハ、ハ、にたまらなくなって、僕も吹き出した。大日向とお互い地面すれすれで顔を見合わせながら、腹が痛くなるまで笑った。蔵並が笑ってるかどうかは、仰向けのまま足組んで顔の上に本を構えてるからいまいちわかんなかった。でも足組んでるのもなんか面白くなってきて、指さしてまたげらげら笑っちゃったりなんかして。その時に驚いたことには、松が僕にスマホを向けてシャッター音を響かせた。父親が子供の写真撮るみたいに、ハ、ハ、ハとやりながら、何度も何度も。わけわかんなくてそれも笑った。

　それがようやくおさまった頃合いで、蔵並は「そこまで多くもないか」とか言って本を閉じたから、やっぱりぴくりともせずに読み続けていたみたいだった。ちょっと頭がおかしいんだよ。

　僕も借りてぱらぱら読んでみたけど、ことわざってのは実にいいもんだとしみじみ思ったね。なにしろ、今も昔もみんなが同じ意味で使ってきたんだから。例外はあるけど、基本的には、古来せっせと口にしたり紙に書いたり電子機器に打ち込んだりしながら、こぞって意味を揺るぎないものにしてきた。意味っていうのはそんな風に、墓を踏み固めるみたいにして埋まってるべきもんなんだ。自分だけのって枕詞で言の葉をお楽しみの奴らにはバカバカしくって付き合いきれない。僕はもう、ことわざしか信じたくないって気分だ。

なんでこんなの載ってるんだと思ったからよく覚えてるけど、〈眼光紙背に徹す〉のページを読んでる時、突然、松がのばした自分の足を落ち葉に埋もれさせて、斜面に横たわった。

「は、葉っぱかけて」で少し詰まったあと「い、い、いいよ」と付け足した。

僕らはちょっと驚きながら、お望み通りにしてやった。一応言っておくと、その落ち葉は粉砂糖ふったら誰でも口に運びそうなぐらいの代物だ。枝を離れた葉は誰にも踏まれないまま積み重なり、日の光を浴び、時々の雨に洗われ、また天日干しされを何度も繰り返して、豊かで清潔な厚みをつくった。ここでは人も風も水も、ただ通り過ぎるだけなんだ。

あっという間に松の顔以外が埋もれて、僕らは四人で笑った。

「あったかい」その顔が目を閉じたまま言った。「顔もやっていいよ。ま、ま、まぶしいから」

特に弱そうな目元の肌がちょっと気にかかったけど、自分で言うんだから知ったことじゃない。それでも鼻と口は出しておいた。何も喋らず笑みを浮かべていた口が疲れを見せてほんの少し開いた。僕らは視線を交わして黙った。しばらくそうしているうち、ひそかに動く鼻と口、わずかに隆起する胸元の落ち葉で、眠ってしまったのがわかった。

「休んどいてもらった方がいい」スマホを見ていた大日向は立ち上がった。「オレも、トイレ行っとくわ」

「公園にあったっけ?」僕はさりげなく訊いた。

「近くにコンビニあるっぽいから」高架道路が上っていく方を指さしながら、スマホを持った指でピザの空き箱を入れた袋を引っかけた。「何か買いたいし」

「ついでに捨ててきてくれ」僕は空になったペットボトルを大日向の足元に放った。

「これも」と蔵並も松の奥から放った。狙いなのか下手なのか、上の方に落ちたのが滑るように転がって大日向の前に行った。

「遠慮なくなってきたな、お前ら」大日向はそれを拾って袋の中に入れた。

それはお前がいい奴だからだ、とは言わなかった。僕と蔵並は適当に菓子と飲み物まで頼んで、松を間に挟んだまま大日向を見送った。

「また一人で行ったな」蔵並がぽつりと言った。

「教えてやろうか」思わずそう言ったのは、ただ二人きりでいるのも気まずいからというのもあったかも知れない。「大日向の秘密」

「秘密？」と蔵並は顔を上げた。「やっぱ、さっき何かあったのか」

「大したことじゃない」

「なんだよ」

「大したことじゃないから、ただで教えてもつまらないし、ゲームをしよう」

僕は松の顔の上にある枯れ葉を一枚つまんだ。

「こうやって」と言って、それを自分のあぐらをかいた足の上に置いた。「松の顔から交互に葉っぱを一枚ずつ取っていく。黒ひげ危機一発みたいに」

「黒ひげ？」

一体こいつは何だったら知っているんだろうな。

「とにかく、起こしたら負けだ」

「黒ひげ危機一髪ってなんだよ」

物知らずのくせに知らないままではいられないんだ。面倒くさい奴だ。

「パーティーゲームだよ。黒ひげの海賊が捕まって樽に入れられたっていう体で、一人ずつ、外から剣を差し込んでいく。黒ひげを飛び出させた奴の負けになる」

「なんで剣を差し込んだのに飛び出して負けなんだ」

「知るかよ、そんなことは」

「刺さって死んで飛び出したのか？」

蔵並はわけのわからないことを言った。これは今調べたんだけど、樽の中で黒ひげを縛っているロープを、外から剣を差して切って助けてやろうとしているらしい。どういう状況のどういう仕組みか知らないけど、なるほど、確かにそんな風に助けてもらうのはいいかも知れない。それでどっかにすっ飛んじゃって、二度と会えなかったりして。でもこの時の僕はそんなこと知らなかった。だから強くうなずいた。

「そう、刺さって死んで飛び出した。だから負けだ」

「でも、刺す方はそれを望んでたんじゃないのか。なんで刺した奴の負けになる」

「ただ刺したいならゲームなんかしない。ゲームの勝ち負けは目的とは関係ない。ルールでどうとでも決められる」

蔵並は目玉だけ動かして僕を見上げるようにした。

「試しに逆にしたっていい。つまり松を起こした方の勝ちだ。お前が松を起こしたら僕の負けだから、僕は大日向の秘密を教える」

「意味ないだろ、それ」

「意味はある」

「ない」やけにきっぱり否定してきやがる。「俺がわざと起こしたら勝ちになる」

「お前が松を起こしたいと思ってるんならそうだ。でも、そうじゃない。松は寝て少しでも体力を回復するべきだし、こんなことでわざわざ起こすのも悪い。僕はお前がそう考えると信じてる。だからゲームになる」

「そっちが起こしたらどうなる？」

「こっちの勝ちだ。大日向の秘密を教えなくて済む」

「お前が松を起こしてもいいと思ってたらどうするんだよ」

「それは僕の問題じゃなくて、お前の問題だ。お前がそういう疑問を持つならゲームが成立しないってだけだ」

「わけのわからないことを言うな」

僕も何を言っているのかわからなくなっていた。でも、蔵並が黒ひげ危機一発を知らないかららこうなったんだ。何かをしようって時に、関係ない黒ひげのことなんか考えるべきじゃないんだ。

僕は腹立ちまぎれに「今の状況にぴったりのことわざ」と振った。

「え？」

「さっき読んでただろ、なんかないか」

蔵並は松の口をじっと見てまともに考え始めた。訊かれたら考える癖がついてるんだ。そうやってせいぜい関係ないことを考えればいい。

「念力岩をも通す」急に言って、すぐに首をひねった。「ちょっとちがうか」

「そんなのアレに載ってるのか？」

「載ってる」

意味がのみこめず、かと言って改めて質問するのもしゃくだった。

「まあ、やるか」蔵並もきまり悪そうに言った。「どうせ暇つぶしだ」

僕は適当に負けて、大日向のことも高村先生のこともさらっと話して終わりにしてやろうと思っていた。でも、わけのわかんないことを言うから意気をくじかれて、ぜんぜん上手くやれる気がしなかった。やっぱりやめようと言おうとした時、蔵並が一枚取った。仕方なく僕も取った。松はちょっとやそっとじゃ起きそうにない。僕らは、気を遣ってポテトチップスを交互につまんでいくぐらいの緊張感で枯れ葉を除いていった。十枚ぐらい取った時、蔵並が言った。

「おじさんに会えなかったらどうする」

「まだ起こってないことは考えない」答えながら一枚取る。影も一緒に剝がれて、隙間から頰の皮膚が白っぽく覗いた。「そんなこと言ったら、お前は特待生じゃなくなったらどうするんだよ」

「どうもしない」すぐの答えは力強かった。「でも、親は失望する。友達のためにいいことをしたとは思わない」そこですぐ「友達って――」と弁解しようとした。

「わかってるよ」と僕はすぐ遮った。「うるさいな」

蔵並はごまかすようにコートの袖をまくり、腕時計に目をやった。「もう二時になるぞ」

「二時半でいいよ。小まめに行ったって一緒だ。さっき書き置きも残してきた、二時半にまた来るって。それで最後だ」

「おじさんに会いたいか」

僕は返事をしなかった。答えたくなかったんじゃなくて、どう答えたらいいかわからなかった。

「どうして会いたいんだ」

蔵並の番だけど、手は完全に止まっていた。かと言って、向こうがやったところで僕の手が止まっていただろう。僕は蔵並と話がしたかったのかも知れない。でも、何を話したいのかはわからなかった。

「お前がうらやましいよ」と僕は別なことを言った。「弟がいるもんな」

「弟がほしかったのか？」

「さあね」と僕は言った。「うらやましいからって、自分が本当にそれを望んでるかどうかなんてわからないだろ」

幸いなことに、自分の境遇を哀れんだりすることはない。母親の代わりはおばさんがてきぱきとやってくれたし、僕がまともにものを考えられるようになったのを見てすっぱり結婚して家を出て、〈母親〉というものが役割でしかないと納得させてもくれた。そして何より僕の性格や趣味嗜好、文化的経験が哀れむことを拒んでいる。けど僕はどういうわけか、弟がいたらよかったのにってことだけは時々考えるんだ。母さんの過ちは、大学時代に覚えた酒や煙草をやめられずず脳の血管を詰まらせたことでもなく、人生のある時期に愛について考える頭がこれっぽっちもない最低男を愛してしまったことでもなく、そんな最低男の種でも何でもいいから僕に弟を残しておかなかったことだ。そういうことを無感動に考えずにはいられないんだ。勤めてたホテルのバックヤードで倒れたとかいう母さんがなぜか弟を身ごもってたらとか。そしたら僕の言葉はみんな生まれてこなかった弟に宛てられていたはずで、それならこんなに言葉を無駄撃ちすることもなかっただろう。聞かされる弟に悪いからっていう、すごく単純で、すばらしい理由で。

「自分が何を望んでるかわかったことなんて一度もないね」

誰にも宛てる気のない言葉。喜びにも悲しみにもなりようがない言葉。枯れた葉っぱ同士が引っ掻き合うようなキーボードの音だけが現実で、慰めだ。そんなものを望んで書いているはずがないのに、それだけが慰めになるんだ。

「だから良いことでも悪いことでも、とにかく何かが起こることを予期して事を進めるのが嫌いなんだ。つまり、自分のためには何もできない」

いつの間にか、蔵並は指で挟んだ枯れ葉の軸をくるくる回していた。新しいのを取ったのか手元にあるのを持ったのか。ということは、僕の番か？　順番さえわからなくなって、くだらないゲームを提案した自分が恥ずかしくなった。

「じゃあ、どうして会おうって思えたんだよ」

「そっちばっかり質問するな。お前は何のために協力してくれてるんだ。自分のためか？　親のためか？　高村先生のためか？」

「先生は関係ない」全く慌てる様子もなく、ただ間違いを正すような感じだった。「お前が先生のことを言わなくても、俺はお前に行っていいって言うつもりだったし、ついて行くつもりだった」

「いつからだよ」

「昨日の夜から」と蔵並は言った。「俺はお前の話に感動した。溺れるとか一緒に死ぬとか言ってたやつ」

まさか宮澤賢治のあれか？　あの時、蔵並が僕の話をまともに聞いてるなんてこれっぽっちも考えなかった。葉を一枚拾い、松の肌が見えそうになってる顎のあたりを隠すように置いた。もう、こんなゲームはなしだ。

「それで、協力してもいいかと思った。松がいなければなんとかなるだろうと思ったし」

「松は来たけどな」僕は平静を装って息むように笑った。「大日向も」

「あの後、松に来てもらった方がいいって考え直した。だから何も言わなかったし、逆にお前が松に来ないように言ってたらどうしようかと思ってた」

「そういうことは先に言えよ」

「どうせお前は言わないとも思ってた」

「考え直したのはなんでだよ」

「松は、お前と一緒に溺れてやろうと思ってる」蔵並はそこで、ずっと持っていた枯れ葉を松の顔の上に置いた。「昨日の夜中、ベッドで考えてたんだ。お前の言うように、お前らだけが一緒に溺れたら、お前らだけが日野に来て何にもならなかったら、俺にはわからないままだ。でも、溺れてる奴と一緒に溺れようとしている奴、まとめて助けようとする人間がいたら、わかるかもしれない」

「何がわ――」舌の奥がつっかえた。「わかるんだよ」

「お前の話」

「そのためについて来たのか？　そのために松も一緒に――」

「知らん。今、そう思っただけで」

余裕のある言い方が鼻についたけど、何も言えなかった。苦しまぎれにもう一枚置こうとしたら、松の体が寝返りを打ちたそうにちょっと動いた。二人の間で落ち葉が波打ち、僕らは少しの間、静かに目を合わせた。

「もともと、来たのは見張るためだ」蔵並はさっきと変わらない声で言った。「自分のためでもあるし、親のためでもある。みんなの修学旅行をめちゃくちゃにしたくないのもある。でも、今話したのも本当だと思ってる。だから、よくわからない」

言葉を借りると、僕は蔵並の話に感動していた。同時に己の不明を恥じた。確かに、見張るために来たんなら、警官にあんなことした僕を簡単に許しはしなかっただろう。でも残念ながら、僕は物心ついてこの方ずっと溺れてるみたいなもんだ。正確には、泳ぎながら溺れてるんだ。おじさんに会えたからって、それで学校にバレなかったからって、僕が助かったことにはならない。それだけじゃ、松を助けたことにしかならないだろう。

その時、上で落ち葉を踏み分ける音がした。一応身構えたけど大日向だ。滑りおりてくる騒がしさで松が目を覚まし、落ち葉の山から上半身だけをゆっくり出した。

「あ、わりい」とビニール袋をぶら下げた大日向が言った。

松は重い頭をゆらゆらさせながら僕に焦点を合わせると、うれしそうに、どもりもせず「夢を見たよ」と言った。「公園の子供たちが、葉っぱをかけてくれた」

二時半になるまでほとんど会話がなかった。大日向は女子への報告を済ませると目を閉じて横になっていたし、松はドラえもんのことわざ辞典を読んで笑みを浮かべ、蔵並はずっとスマホをいじって熱心に何か調べているようだった。

僕らは荷物を持って谷ノ上横穴墓群を後にした。アパートに向かう道中も何にも喋らないのは、なんとなく予感があったのかも知れない。

「じゃあ、ここで待ってるからな」

アパートの階段口で大日向が言った。松の肩に手を置くというか押さえるようにしている。その後ろで、蔵並はまだスマホをいじっていた。

ドアの前はやっぱり静まり返っていた。冷たいドアに挟んだ紙もそのままだ。念のため呼び鈴を鳴らしてドアスコープを見つめても、その先に誰もいないことがわかる。やっぱり無計画じゃこんなものか。すぐに帰ろうとして階段を何段か下りたあと、ドアまで戻って紙を抜き取った。丸めてポケットに入れて階段を下りる。足音は下まで伝わっているだろう。

「帰ろう」案の定、神妙な顔をしている三人に言った。「付き合わせて悪かったな」

松なんか泣きそうだ。僕はさほど悲しくもなかったんだけど、それを見たらちょっとくるものがあった。僕がおじさんに会えるのを本当に期待してたんだ。でも、だからこそ溺れさせるわけにはいかないじゃないか。

「いいのか」と大日向が言った。「せっかくここまで来たのに」

「班長にも言ってあるんだろ」僕は大日向の後ろにいる蔵並に目をやった。「これで特待も継続だな」

「なんか、置き手紙とかしてったらどうだ？」大日向は郵便受けを見ながら急に明るい声で言う。「それくらい書く時間あるだろ」

「いいよ、別に」

「わざわざ来たって知ったら喜ぶと思うけどな」

「直接会いたかったんだよ」というのは口から出まかせだ。それで始まったことだけど、この時はそんなこと少しも思ってなかった。「友達と一緒に来たって言ったら安心させられるかな、とかも考えてたし。見せかけでも」

「見せかけかよ」

「今なら、リアルにだませるかもな」

これは口から出まかせってわけでもなかった。それで大日向は勘弁してくれたらしい。満足げに顔を上げると、松を見た。

「駅まで歩けそうか」

「だ、大丈夫」

「ちょっと寝たもんな」

公園に戻る道にさしかかったところで、後ろから蔵並の声がした。

「まだ帰らなくていい」

三人同時に振り返ると、蔵並はだいぶ前から立ち止まってたらしく、二軒隣の家の前にいた。猫よけのペットボトルがびっしり並んでいるそこから、僕をまっすぐに見つめていた。

「どうした？」と大日向が声をかける。「急に」

「まだ待てる」と蔵並は言って、こっちに向かって歩き出した。

「ぎりぎりまで待つか？」大日向は意気に感じた風にスマホを出した。「電車が15時29分だろ？　今、二時半過ぎってことは——」

「いや、もっと待てる」

「バス乗るのか。そうすりゃ松の足も気にしなくていいから三時ぐらいまで――」

「五時まで待てる」

蔵並は不気味に僕から目を離さないで近づいてくる。本気で狂ったのかと思った。

「は？」と大日向は呆れるように笑った。「五時ってお前」

「集合時間」興奮した松の大声が響いた。

「そうだよ、何言ってんだ？」大日向もさすがに渋い顔だ。「しかも、お前が」

「人目があるから、いったんさっきのとこに戻ろう。そこで話す」

蔵並は公園とは逆の方に曲がって、一人でずんずん歩いて行く。

「おい、大丈夫か？」大日向は僕に言いながら、またスマホの時計を確認した。「あいつ、なんだよ。特待はどうすんだ？」

「知らん」本当にわけがわからなかった。「あきらめたのかも」

「はあ？」大日向は露骨に顔をゆがめる。「オレだって、特待じゃないけどバレたくないぜ」

「じ、じ、じじじ時間は、まだあるから、は、話だけでも、き、きき聞いてみよう」

冷静なんだか慌ててるんだかわからない様子に僕は笑いそうだったけど、大日向は真面目な顔で「そうだな」と同意した。

また戻ってきた谷ノ上横穴墓群は、太陽が西に傾いて、一部が日陰になっている。そこだけ落ち葉の色が濃く、反り返りに潜む扁平な三角や楕円の青黒い影がちらついていた。ついさっきまでいたあたりに戻って、荷物は下ろさず座りこんだ。

「わかんないけど、手短にやれよ」と大日向が言った。「どっちにしろ間に合わなくなるぞ」

「大丈夫だ。でも、たぶんお前の協力が必要になる。女子を説得しないといけない」

蔵並は落ち着き払っていた。僕は二人に会話を任せて、口を挟まないことにした。何を考えているか知らないけど、僕を助けようというならやってみればいいんだ。松も前のめりにあぐらをかいて、いかにも真剣に聞く態勢だった。

「話次第だよ、そんなん」

「まず」不満げな大日向を無視して蔵並は始めた。「俺たちは、やむを得ない事情があって集合時間に遅れる。グループ行動のルールも時間も守ろうとしたけど、やむを得ず遅れてしまう」

「犯罪に巻き込まれたとか？」と大日向がつっかかるように言う。

「そうだ」

「電車の遅延とか？」

「それでもいい」

「そんな都合よく起きるかよ。お前が電車に飛び込むのか？」

「俺が日野で飛び込んだって意味ない。女子が飛び込んで俺たちが合流するならまだしも」

「いや」大日向は呆れる間もなく「まあいいや」と片付けて続けた。「だいたい、女子と合流してから帰らなきゃいけないだろ。どんなにやむを得ない事情があったって、班の全員が一緒にいなかったらその時点でダメだ。オレらが五時までここにいたとして、ＧＰＳで見られてんのにどうやって女子と合流するんだよ」

「なら、学校側の視点から説明する」改まった言い方をしながら、蔵並はコートのポケットから予定表を出し、袖口をずらして腕時計を見た。「三班は14時40分現在、全員そろって葛西臨海公園駅に向かってる。そろそろ八丁堀駅で乗り換えるところだ」

「実際は、女子しかいないけどな」

「そう。でも、GPSでは七人いる。それがバレてないのは、ここまで何のトラブルも起こってないことから判断できる。学校は今の状態を問題視してない。それはいいだろ？」

「それはいいよ」

「この後、葛西臨海公園駅まで行って、葛西臨海水族園を見学して、16時39分に葛西臨海公園駅から電車に乗る。ここからが問題だ。電車に乗った三班の七名は、新浦安駅に着いても動き出さない。全員、一日遊んだ疲れで寝てしまってる」

「寝たからってどうなるんだよ」

「寝過ごすのはやむを得ない事情だから、先生も許してくれる。悪気もなく寝過ごしただけで特待取り消しにはしない」そう言い切ってから、同じ声で付け足した。「と、思う」

「それはそうかもだけどさ」と大日向の苛立ちは募るばかりだった。「寝過ごしたからって、俺らが合流できるわけじゃないだろって言ってんだよ。予定時刻にホテルにいなかったらGPSは見られるし、電話もかかってくる。寝過ごしたなんて、ちょっとした時間稼ぎにしかならない」

「電話に出る時に、全員がそろってればいいんだ」

「そろわないから困ってんだろ」

「女子もこっちに向かえばいい」

「だから、そんなことしたらGPSでバレるって言ってんだよ。お前はバカか？　新浦安を乗り過ごしたんだろ？　その後で乗り換えなんかしたら寝てないってバレバレだ。それで電話無視してたらおかしいだろ」

「バカはお前だ」と蔵並は言った。「全員寝てるのに、乗り換えられるはずないだろ」

「じゃあどうやって合流するんだよ。東京から千葉に行く電車だぞ？」

「そうだ、武蔵野線だ」

「間違えて逆に乗ったってことにするのか？」

「逆に乗ったって東京までしか行けない。それじゃ意味がない」

大日向は埒が明かないというように手を後ろにつくと、もどかしげに落ち葉をかき混ぜた。

僕はその音をぼんやり聞きながら、今しがた覚えた違和感を口に出さずにいられなかった。

「武蔵野線って、来る時に乗らなかったか？」

「だから」と大日向は声を荒げた。「最初、新浦安から東京に出る時だろ。京葉線だか武蔵野線だか」

「ちがう」と僕は記憶をたどった。「確か」

「武蔵浦和」と松が声を張り上げた。

驚いた僕らが目をやったせいで、松は大きく息を吸い、途端に声が出なくなった。何度か絞り出した「あの」を聞きながら、僕らはそれを待った。

「む、むむむ武蔵浦和から、に、に、に、にに西国分寺まで」

大日向がスマホを出して検索窓に武蔵野線と打ちこむより早く、蔵並が説明した。

「俺もさっきそれを調べてた。武蔵野線は、東京駅を出て千葉と埼玉をぐるっと回って東京の西に出る路線らしい。府中本町行きに乗ると、西国分寺駅を通って、府中本町駅まで乗り換えなしだ」

大日向が出した路線図を松と一緒に覗きこむと、確かにそのようだった。

「つまり、三班は一日ルールを守って予定表通りにグループ行動して、ホテルに戻る武蔵野線府中本町行きにも予定通りに乗って、最後の最後に寝過ごしてしまう。先生からの電話も、全員が熟睡して出られない。一時間後、西国分寺駅で気付いて慌てて降りる。そこでやっと先生と連絡がついて、みんなで帰る」

しんと静まったところに、高架をどっと車が通った。タイヤが継ぎ目に乗り上げる震動が音に変わって伝わる。松が口を開けたまま、強い瞬(まばた)きを打った。

「すげえな」と大日向は路線図に目を落としたままつぶやいた。「マジか」

「寝過ごした三班の奴らは」僕は部分麻酔みたいに口の端をゆるませる笑いを抑えながら言った。「何時に西国分寺駅に着く?」

「葛西臨海公園駅を16時39分に出た電車が西国分寺駅に着くのは18時9分だ。俺らもそれまでに西国分寺駅に着けば、全員揃った状態で電話に出られる」

「オレらが18時9分までに西国分寺に着くには」と大日向が意気揚々とスマホの画面を親指で弾く。「日野から17時53分に乗ればいい。となると、確かに二時間以上は余裕で待てるな」

「これで会えなかったら、もう諦めろ」と蔵並が言った。

「そうだ！」大日向は蔵並についいたらしい。後ろに下がって落ち葉をつかむと、僕の顔に投げつけてきた。「ここまでやったら、もう無理だぞ！」

松もそこに便乗して、すくいあげるように落ち葉をかける。二人は僕の下半身が見えなくなるまで楽しそうに続けた。葉擦(ず)れの音が耳を塞ぎ、棘がちくちく肌を刺し、息もできない。微かな視界に薄目を通し、僕は蔵並を見ていた。蔵並は一度も僕を見なかった。


十五時、十六時とアパートに行ってみたけど空振りだった。その間にも進んでいた女子との相談は【水族園で電話してる暇はないから事情と指示を送っといて】ということで、三人はあれこれ話しながら文面を考えていた。松もなんか張り切ってアドバイスしてた。大日向のスマホに繋げられたモバイルバッテリーは落ち葉に埋もれて、地中からコードが延びているみたいだった。

女子からの返事は十六時十五分までなかった。向こうは向こうで予定通りに楽しんでるみたいで本当に何よりだ。でも、やっと来た返事が【了解】だけだったから、蔵並は怒っているんじゃないかと不安がった。

「いや」と大日向は平気な顔で言った。「やる気なんだろ」

ややあって【まかせなさい】とメッセージがついたらしい。

にしても、ずいぶん大事になってきた。誰もここまでやってくれなんて頼んでいないのに。しかも、少なくとも三人はそれを楽しんでるようだった。もう予定時刻に帰れないのは確定だっていうのに、こんなに肝の据わった奴らだったんだろうか。

松と蔵並なんか、お互い枯れ葉をつかみながら延々ポケモンの話をし始めた。僕にはわからないその話はちょっとも書くことができないけど、わけのわかんないカタカナっぽい名前が葉擦れや吃音交じりにぼそぼそ聞こえてくるのは悪くなかった。

それで僕はますます、もうおじさんには会わなくていいって気分になっていた。この世には、骨折り損のくたびれもうけの方がふさわしい場合がたくさんあるような気がしたんだ。花だけ咲いて、実を結ばない方がさ。

「最後だし、みんなで行くか」

十六時半過ぎに大日向が提案した時もあんまり気が進まなくて、このままだらだらしていたかった。ただ、もう日はほとんど当たらず、じっと座っているには少し寒く感じた。松は自分のネックウォーマーの上から、大日向に借りたマフラーを巻いている。上がっていこうと踏み込む落ち葉の熱はもう抜けて、寒々しい音だけがやたらに響く。見上げた木々の間に膜が張っているようで、目がなんとなく息苦しかった。

「女子たち、電車乗ったってよ。学校の奴らには見られてないって」

道路に上がったところで大日向が向けてきたスマホの画面は、強い光の残像で字が追いづらい。見えたら見えたで物騒な文字が目に付いた。

「【ギリギリ】って書いてるぞ」

「みんな、戻って来る時間だろうからな」大日向はスニーカーの葉屑を払いながら暢気な声で言った。「どっかの班に声かけられたら終わりだよな、寝たフリできないし」

「女子だけで動いてるのが見られた時点でダメだ」と蔵並が言った。

点いたばかりの街灯の光がとろけて見える変な明るさのなか、知らない街の知った道をだらだら歩く。いや、僕がその道の何を知っていたというんだろう。

「寝たフリで新浦安駅を通過」と大日向の実況は続く。「もう後戻りできないな」

「だいぶ前からそうだ」と蔵並。

アパートのある通りにはちらほらと人影があった。放課後の短い遊びでまだ元気のある子供たちが遠くの角を曲がっていったり、一人で玄関から出てきたおばあさんがサンダルを引きずりながら家の裏に回っていったりした。アパートは相変わらずひっそりしていたけど、車が少し増えたみたいだ。おじさんは免許は持ってたけど、車はないはずだ。

「じゃあ、行ってくるよ」

この時、蔵並と松が二人して靴紐を結び直してたのを覚えている。ポケットに手を突っ込んで前屈みになった大日向を真ん中にして左に松が、右に蔵並がいた。姿勢は松の方がちょっと高くて、蔵並はえらい小さく屈みこんで、揃って背中に光を受けていた。斜めに伸びた影は隙間もなくて、サボテンみたいに見えた。

　ほとんど光の入らない階段には、まだ電灯もついていなかった。音がうるさいほど響くから、一歩ずつ足先だけで上る。おじさんは一人、どんな気分でここを上り下りしているんだろう。誰かが訪ねてくることもないはずだ。なにしろ僕は、おじさんの口から友達の話なんて一度も聞いたことがなかった。おじさんはここでどんな風に生きているんだろう。ようやくそんなことをまともに考え始めたけど、考えるそばから想像はついて、暗さや寒さが目の前に戻って来る。そしたらますます、会う勇気がしぼんできた。いや、僕には最初から会う勇気なんてなかったんだろう。会おうとするっていう僕だけの問題をいじくり回していただけで。

　呼び鈴は鳴らさなかった。もちろん、紙を挟んだりもしなかった。代わりに、この冷たく閉ざされたドアのことを覚えておこうと思ってしばらく見つめた。覚えておくのは、それがどんなドアか最初に書いておくためだ。それでいいと思ったんだ。

　踊り場から顔を出さずに下りたのは、さすがに三人ともすぐ下で見ているだろうと思ったからだ。合わせる顔がないってのはこのことだ。ましてやそれを上から見下ろすっていうのはさ。

　階段下の物音をぼんやり聞きながら、体が落ちるに任せるように階段を下りる。ビニール袋のこすれる音、郵便受けを開ける音だと聞き分けた時には、もう最後の数段ってところだった。奥まった暗いその場所で、僕は息を潜めて立ち止まった。

　数メートル先の郵便受けは少し陰になっていて、向こうは僕に気付いていない。後ずさりするように男の人が出てきた。二年しか経っていないし、それほど変わっちゃいないから、おじさんだってすぐにわかった。買い物した重そうなビニール袋を提げて、リュックを背負ってスーツを着ていた。いかにもこんなアパートの住人らしいくたびれきったもんだけど、とにかくスーツだ。九時五時の仕事終わりって感じの。まだ五時にもなってなかったけど、とにかく昼間の仕事なんだよ。

「おじさん」と僕は聞こえないぐらいの小さな声で言った。

おじさんは動きを止めて、ゆっくり、おびえるようにこっちを見た。そして、首を前にして目を凝らした。僕は前に出ることもなく、それをじっと待った。

「ま」とおじさんは小さな声で言った。

何か言わなきゃ。そう思った時、僕の背後で蛍光灯がパラパラと音を立てて光り、しばらく経ってから、カンと軽い音を鳴らして点いた。見えないどこかに一本点かないのがあって、点滅しながら虫のあがくような微かな音がいつまでも止まない。古いアパートだね——そんなことを口にしようかなと思って階段を二段だけ下りたら、僕の頭が遮っていたしみったれた光が、おじさんの提げてるビニール袋を照らした。その奥に、ムートンブーツの踵がぼんやり見えた。

立て付けの悪い郵便受けの扉が閉まる大きな音。いくつかの郵便物がこすれる音。

「なに？」

親しげな女の人の声は、おじさんに向けられていた。僕はぎくっとして動けなくなった。おじさんの視線に誘われて、その人は陰から出てきた。僕を見ると、いくつかの封筒を口元にやりながら後ずさった。

「なに、なに？」

なんでもいいけどおじさんよりどう見ても年下で、だからなんだってわけじゃないけど背が小さくて、言いたくないけど着ぶくれしたダサい格好で、わからないけど優しそうだった。その時、三人が蛍光灯が点くみたいな音をパラパラ立てて、二人の後ろに走り寄って来た。

「なに、なに？」

女の人は三人を振り返って、はっきりと怯えたような声になった。おくびみたいにこみ上げた僕の力ない笑いは、その人がおじさんの腕を取って後ろにぱっと取りつくのを見たら引っ込んだ。二人に挟まれたビニール袋が大きな音を響かせた。乳酸菌飲料の大きなパックと、四分の一にカットされた白菜がせり出すように動いた。おじさんは僕から目を離さない。

「おじさん」呼びかけてすぐに「何にも言わなくていいよ」と伝えて、最後の段を下りる。

「ちょっと会いに来ただけだから」

震えてうわずりかけた声は、我ながらかなり子供っぽく聞こえた。おじさんは戸惑うように僕を見ていた。女の人の目にはぼちぼち敵意が混じっていた。僕は黙って、これまた子供みたいに人差し指で頬を掻いた。リンパ腺を探り当て、痛みが出るまで押した。言うべきことがあった。

「パソコン、今も使ってるよ」

ひどい蛇足だとしても、下品な傍点を打つことを許してほしい。僕はそういう意味で言ったし、そういう意味で書いてるんだから。

「あのキーボードも」

それ以外に伝えるべきことを考えながら、僕はものが言えなくなった。おじさんもたどたどしく何度もうなずくばかりで一言も喋らない。点きの悪い蛍光灯は音を立て続けている。

僕が中学の時、おじさんが新しいのを組むっていうんでもらったのがこのパソコンだった。キーボードはおじさんがそのまま使うから、僕のやつを一緒に買いに行った。子供じみた決心でどうしても自分のお金で買うと決めていたけど、幼稚園や私立の学校に通わせてもらった分なのか、小遣いはほとんどもらっていなかった。掃き溜めみたいなプラケースの中を必死であさった。それで無性にこいつが気に入った。ジャンクもジャンクだから、念のため動作確認とかしてもらってさ。あの日、おじさんに今もそう繋いでる形に繋げてもらって、それから一度だって壊れてない。僕はこいつで書き続けた。目の前にある全部に目を背けるようにして書き続けてきたんだ。だから今、こうしてあの日のことをまともに書けるんだ。それはあの日、おじさんがそうしてくれた以外、誰のおかげでも、何のおかげでもないんだ。

「それだけ伝えに来たんだ」

だから何にも心配する必要なんてないんだ。僕だっておじさんのことを心配してるわけじゃないんだし。隣にいる人だって、後ろにいるクラスメイトだって、僕は本当には気にすることができない。これ以外のことは本当にはできないんだ。

「じゃあ」と僕は言った。

おじさんはそれでもなお、見開いた目を僕にただ向けていた。それでいいんだ。

「いや」大日向がおじさんの後ろから声を飛ばした。「まだ時間あるぜ。そっちの人にも、最初からちゃんと事情を説明してさ」

事情――それを合図に僕は走り出した。おじさんの横を、松と蔵並の間を通り過ぎて、外に出た。相対した西の空はいつの間にか朱金色に染まっていた。町にはそれよりいくぶん黄色っぽい光が低く強く差していて、薄闇に慣れてしまった目は地面さえ見られなかった。僕はその道をただ走った。

小さな交差点でみんなを待った。雲の隙間が焦げ付いてきそうな夕焼け空に背を向けて、僕はスマホで駅までの道を調べた。あの気が滅入りそうな市役所通りをだらだら下っていきたくなかったんだ。

しばらくしてから現れた三人が何か口にする前に、僕は言った。

「線路沿いの道で帰ろう」

さっさと歩き始めた僕の後ろを三人が続く。信号待ちでもちょっと離れて立っていた。線路が敷かれた切り通しにかかる陸橋の手前で駅の方に曲がる。金網を覗き込んでやっと見えるぐらい下を走る電車の音が響いていた。反対側には同じ高さに家並みが続き、その屋根に今にも触れそうなくらいに橙の夕日が落ちて、ちょっとも顔を上げられないぐらいだった。

「よかったな」電車が過ぎるのを見計らったように大日向が言った。「会えて」

「よかった」振り向きもせずに答える。

少しの間が空いて、今度は逆の電車が近づいてくる音がする。大日向は言った。

「あのあと、おじさんとちょっと話したんだけど、歯を見るの忘れたわ」

「あっ」と松が悔しそうな、笑ってそうな声をあげる。

「どうでもいいだろ」と蔵並が言った。「そんなことは」

「話したのか」僕は振り返ってしまった。「おじさん」

電車が通過する。遠ざかり、音がやむ。

「それは誠」と大日向は言った。「そのあと、なんだっけ?」と腕を寒そうにさすりながら蔵並に訊く。「なんか変な言い方だったから忘れた」

「強い男」

「そうそう。それが伝言だってよ。おじさんから」

僕はまた前を向いて歩き始めた。二人はその後ろから鉤（かぎ）でも引っかけようとするみたいに声をかけてくる。

「誠って、お前の名前だろ」と蔵並は言った。「どういう意味だ?」

「おじさんが、伝えてくれればわかるってよ」と大日向も言った。

「嘘つけ」

「なんで嘘つくんだよ、こんな状況で」と大日向が言った。「わかるんだろ?」

「黙れ」と僕は前を見たまま言った。「頼むから黙ってくれ」

怒ってるわけじゃない。それは三人もわかってたはずだ。しばらく言葉はなかった。茜の空にあふれ飛び交う雲の隙間から、夕日は相変わらず強い光を注いでくる。全て焼き切ってほしいのに、民家の玄関アプローチの小階段で幾重にもへし折られた僕の影は、路地にあたるたびに遠くまっすぐのばされたり、また窮屈そうに折れ曲がったり、そういう滑稽なことを続けるだけだった。

「あと」大日向が口を開いた。「おじさんがもう一つ伝えてくれって言ってた」

前にいた蔵並が、肩越しにちょっと目をやった。

「来てくれてありがとう、だってさ」

色つきの光に晒されていたこともあって、僕は眉間のあたりがむずがゆくって仕方なかった。眉根をぎゅっと寄せて強張らせた後で「嘘つけ」と馬鹿の一つ覚えみたいに言った。

「信じねえならいいけど」

「松」と僕は振り返った。「ほんとか?」

松は僕の目をじっと見つめ返した。口から首にかけてが何度も強張るのがわかって、僕は少しだけ目をそらして待った。

「あ、ありがとうって、つ、つつ、つつつ伝えてくれ」珍しく他人の声色を使っている感じだった。「そ、そう、言ってたよ」

「そこまでひどくないだろ」

悪態が口をついたのは、おじさんも吃音があったからだ。でも、たいていは抑えて喋れてた。買い物に出た時とか、ふとした拍子にどぎつい出方をしてたけど、それでも絶対、松ほどひどいことはないんだ。松がおじさんを真似した可能性なんて無いのはわかってたけど、この時の僕は、松にもそういう口を利きたい気分だったんだよ。

「いや、ちょうどそのくらいだったぜ」察しのいい大日向がすぐに言った。まったく、どいつもこいつも配慮のない最低の奴らだ。おまけに「どもり」とはっきり口に出した。

「治ってないか」と言いながら、僕はその喋り方を思い出していた。「年いって治るもんじゃないか」

「ぼぼぼくは、三年ぐらいで、し、しし自然に、な、治るってい、いい言われた」

「今、何年目だよ」

「ささ最初の、び、びよ、病院は、よ、四年生の時に、いい行って――」

「ダメじゃねえか」

そう言うと松が音もなく笑った。僕はきっとすごく疲れていたんだろう。うまく笑えなくて、なんだか泣きそうになった。

この後、松の吃音についてちょっと喋った気がする。何の段が出にくいとか、こんな状況だと難しいとか、おじさんともずいぶん違っていた。僕はここまで松の吃音交じりの発言を書いてきたけど、この時に聞いたことや記憶の通りになんかやってない。はっきり言って、半分以上は適当にどもらせてるようなもんだ。松やおじさんのことを思うと、どうしてもそうなるんだ。それがどういうことかは自分でもわからないけど、それについて疑問を呈してくる人間がいたら金網に突き飛ばして首を絞めたくなるようなことではある。そんな奴らはせいぜい社会にでも問いかけてればいいさ。問いかける時、その心は震えているんだろう。震えた心から出た言葉なんか、僕は信用するものか。

「それで、何にも言わなくていいっておじさんに言ってたのか」蔵並がいやに小さい声で言った。「最初に」

何が無闇に涙腺を刺激するかわからないから黙っていた。でもそうさ、僕は底抜けに気遣いのできる奴なんだ。わざわざそれを言わなきゃ、おじさんは普通に話せてたかも知れないのに。

「佐田おじさん」蔵並は僕の様子を気にしながら言葉を探るようだった。「あの後、うれしそうだったよな」

「ジャムおじさんみたいに言うな」大日向の言い方は、なんでか本気で注意するみたいだった。「だいたい、あの人の名字って佐田なのか？」

「佐田だよ」と僕は言った。「母方の名字だから」

「そうか、離婚したんだっけ」と大日向は言った。「書いてたな、情報室で」

「佐田なのは封筒の写真でも見ただろ」蔵並は急に責めるような口振りになった。

「そうだっけ？　よく覚えてんな」と感心してから、大日向は「じゃあさ」と僕を見た。「前の名字は？」

「奥原（おくはら）」

「奥原誠」と大日向はぽつりと言った。「知らない奴だな」

僕だって物心つく前の名前なんか知るもんか。でも、もし奥原誠のままだったら出席番号順で小川楓の次だったとかくだらないことを考えないでもない。

「で」と出席番号が小川楓の一つ前の大日向が言う。「結局「それは誠」はなんなんだよ」

そんな恥ずかしいことを考えてたら、おじさんのことを話すのは何でもなかった。

「おじさんがよく歌ってた曲に出てくる歌詞。ギター弾きながら歌う」

家の物置にはおじさんが学生の時に使ってたギターが置いてあって、盆と正月に帰ってくると、頼んでもないのに出してきた。それで僕の部屋に来て、ベッドに座って長々チューニングしてから歌い始めるんだ。今も僕の後ろにあるベッドだ。

「そればっかり歌ってた。僕のためか知らないけど」

「どう考えてもお前のためだろ」と大日向が言う。「甥っ子思いだな」

おじさんはそういう姿を僕にしか見せなかった。見せられなかった。でも、立場はすぐに逆転した。小学校も高学年になると僕は、おじさんと接する自分の中に慈悲の心が枝葉を広げていくのを感じずにはいられなかった。その花が次々と開くように、事ある毎にこう思った——かわいそうなおじさん。だから甥っ子思いなんて聞かされると耳が痛い。それにしても、こういう全ての思い違いを炙り出すような、死ぬほど眩しい夕焼けだった。錆びた弦が目に浮かんだ。

「ギターの音は最悪だったけど、歌はけっこう上手かったよ。歌う時は吃音は出ないし」

「だから、なんか歌うみたいに言ってたのか」蔵並は感心するように言った。

「それでも相当だったけどな」

「お、お、おじさんは」と松が突然言った。

突然だったのに、喘ぐような難発（なんぱつ）や仕切り直しの「あの」のくり返しがあって、でも諦めなくて、次の言葉が出てくる前に僕らは何十歩も進んだ。別に何百歩だって何千歩だってよかった。

「き、ききき君たちは、ま、ま、ま、誠の友達かって、き、きき訊いた」

「おい」大日向は呆れたように笑って「そのことかよ」と言った。「それは言わないでおくかってさっき話したろ」

「そっか」と松は目を剥いた。「ごご、ご、ごめん」

僕は何にも言わなかった。断ち切るようにそっぽを向いた。

「聞きたいか？」と大日向が言った。そういうのを見逃してくれないんだ。「なんて答えたか教えてやろうか。蔵並が代表して答えたんだぜ」

蔵並はすっと前に出て、聞こえてないみたいに歩いた。僕も聞こえないふりをしたら、大日向は機嫌良さそうに悪態をつき始めた。急に苛ついたように呻（うめ）くと言葉を止めて何かと思ったらスマホを取り出し、画面を見ながらうるさそうに言った。

「通知止まんねえよ、部活の奴ら」

もう、集合時間の十七時を過ぎている。三班がいないと騒ぎになっているのだろう。蔵並や松には、そういう連絡は来ていないようだった。

「既読にするなよ」と蔵並が落ち着いた口調で言った。「俺たちは寝てるんだ」

「わかってるよ」

僕たちは武蔵野線に揺られながら眠りこけているところで、今こうしてる僕たちは、そこで見ている夢みたいなものだ。何もかも、夢みたいにはっきりしない。

「こいつら、一番最初に連絡もらいたくてしょうがないんだよ。くだらねえ」

いやに険のある言い方だった。誰も何も言わなかった。何か言ったら、大日向は堰を切ったように話し始めたかも知れない。無責任なことに、僕はもう大日向がついてきた理由を聞きたいとは思っていなかった。聞けば何かが変わってしまうだろう。僕がそれを変えてしまうわけにはいかなかった。おかしな状況に張り詰めているだけのこんな状態が、修学旅行が終わってからも続くはずがないと思っていた。

「にしても、やっぱ歯は残念だったな」大日向はいつもの人のよさそうな声で、自分で話を変えた。「蔵並、見なかったか？」

「見てない。そもそもスーツ着て仕事帰りっぽかったし、彼女みたいな人いたし、なんか色々、話とちがってた」

「変わるんだよ、人は」と僕は言い訳した。「二年もあれば」

市民薄明、道は坂となって下り始めた。暗い谷の向こうでは、夕闇でくっついた町のシルエットの縁だけが浅黄色に滲んで、空に溶け出しているようだった。ばらまかれた雲の尻尾が緑にたなびく空のさらに高みでは、青が深く冷めながら夜へと向かっていた。

さっきまでのきつい夕焼けよりずっと僕らの心にそぐうもので、それを目にした誰からともなく足を止め、疲弊の色濃い感嘆の声を上げた。傾いた道に列した僕らはしばらく、金網越しの西の空を、腑抜けのように眺めていた。

三人ともバカじゃないから、修学旅行後に提出するレポートにこの夕暮れのことを書いたりはしなかったはずだ。行ってもいない美術館とか東京タワーとかについて、女子たちの写真や話でもってでっち上げたんだろう。そんなのあんまりだから、レポートを提出しそびれた僕が代わりに書いておく。僕がちゃんと全部、書いておく。

駅はもう近い。地蔵堂に垂れ込めた闇の中に、帽子と前掛けの赤が浮かんでいた。目を凝らすと、大きな地蔵が二つに小さな地蔵が六つだ。僕はまた悪い癖で、頭の中でどうにかして自分たちに当てはめようとしていた。上手くいかずに横を歩いていた松を見ていたら、なんでか急に思い出した。

「動く歩道、乗れないな」

松はすごく驚いた顔で僕を見た。

「い、い、いいよ」と言っていったん顔を背けた。「そんなの」

これもなんでかわからないけど、おじさんの顔が浮かんだ。しかも、家を出て行く時の、怒りに震えていたおじさんを。あの時、おじさんは自分の父親に言われた。結婚をあきらめているから誠をもらいたいんだろう、と。

松はもう一度こっちを向いて、さらに何を言おうか考えているみたいだった。でも、急にぎくっと動きを止めた。そして、何かそこにいるみたいに、しかもそいつに気付かれないようにするみたいにゆっくり自分のコートのポケットを見た。そっと手を当てた。

「どうした？」声をかけながら、そこに何があるかはわかっていた。「電話か？」

大日向と蔵並も気付いて寄ってきた。松が恐る恐る取り出したスマホの画面には〈おかあさん〉とあって、猫とツーショットのアイコンが出ていた。

「お母さんには悪いけど」大日向がのんびり言った。「西国分寺まではスルーだな」

「どうせ女子より早く着くから、自然なタイミングでかけ直せばいい」

でも、松は戸惑っていた。

「お、おお母さんは、ぼぼぼぼぼぼくの、ば、ば、ば、場所がわかる」

「ＧＰＳか？」

松は震えるようにうなずいた。僕らの誰も、こんないかにもありそうなことをぜんぜん気にしていなかった。思わず蔵並に目がいった。表情を変えずに画面を見ている。

「で、で、でも、普段はみ、みみみ見ない」

「そんなのわからないだろ」と大日向は言った。「黙ってるだけで」

「いや」蔵並は画面を見つめたままだった。「今になってかかってくるんだから、そうなんだろ」

「おい、なんで言わなかったんだよ」

焦った大日向の声はちょっと迫力があって、松はそっちに肩を入れるようにして縮こまった。

「い、いいい言ったら、連れて来て、も、もらえない」

それを聞いて、僕は言葉を失ってしまった。大日向を牽制しようと思ったのに、口を噤んで突っ立つだけになった。もちろん、その間にもコールがかさむ。

「学校から連絡がいったかもな」と蔵並が言った。「松のとこには伝えとかないとまずいからって」

「ありえる」大日向も気を取り直して言ったけど、深いため息もついた。「ありえるな」

「問題は」蔵並は落ち着いたものだった。「松の母親がGPSを見てるかどうかだ。そして、それが学校に伝わってるか」

「どうする?」

「とりあえず出た方がいい。もう学校に伝わってたらどっちにしろ終わりだ。もしも伝わってなかったら、ここでごまかせるかもしれない」

僕は蔵並に感心した。今、一番まずい状況にいるくせして、よくそう頭が回るもんだ。

「こっちからは何も言うなよ」

松は蔵並の目を見て、しっかりうなずいてから出た。途端に、すごく高い声が漏れ聞こえてきた。たぶんスピーカーにしようと差し伸べていた手を、蔵並は引っ込めた。うるさいけどいやな声じゃないと僕は思った。

それから松は何十回も相槌を打っていたけど、急に雲行きが怪しくなった。顔が強張って声が小さくなって、瞬きの増えた怯える目で僕を見ながら、必死で口を動かした。

「それは、よよよ予定の方が、ちち、ちがう」

それで僕らは全て察した。血の気が引くような感じはあったけど、僕は松のお母さんと話してみたくなった。説得するとかそんなことじゃなく、ただ話してみたくなったんだ。無意識に、松に向かって代わるようジェスチャーしていた。

「佐田くんに代わる」ずばっと言って、松はスマホを離した。僕に渡しかけて、思い出したように口をあてて「お、おおお、お母さん」とほとんど叫ぶように言った。「お、お、怒らないであげて」

返事があったけど、ほとんど聞き取れなかった。僕は乾いた口の中を必死で潤しながら受け取った。

「もしもし、お電話かわりました」

「佐田くん？」耳元だとさらに強烈な高い響きだ。「あなたが？」

「そうです、佐田です」

「はじめまして」なんだか話せてうれしいって感じだった。「いつも話は聞いてます」

「はじめまして」いつも話は聞いてます？　疑問に思ったけど、それはともかく先手を打つことにした。「すみませんでした。僕がぜんぶ悪いんです。でも、今からホテルに戻りますから。何も問題なかったんです」

「それはわかってますよ」

「あのですね、このことって、先生にはお伝えしましたか。それか、学校から連絡があったとか」

「いいえ?」

「学校からは何も連絡いってないですか?」と言いながらみんなに目配せする。

「だって今気付いたのよ。一応、ホテルに帰った頃かなってGPSのアプリを開いたら、ぜんぜん違うとこにいるじゃない? 履歴も予定とちがうし、もうびっくりしちゃって。東京タワーどうしちゃったのぉ? って」

ほっとしたけど、どうも調子の狂う話し方だ。悪い人じゃないことは確かなんだろうけどさ。でも、この人を丸めこむ方が賢明だろうと僕は思った。

「行かなかったんです。ちょっと予定が狂いまして」

「あれま」こんなとこで、あれま、とか言うんだよ。「どうして?」

「僕のわがままなんです」と正直に言った。「何があったかは、帰ってから松くんから聞いてくれると助かるんですが——」

「そうなの。じゃあ楽しみにしちゃおうかな」

お涙ちょうだいでおじさんのことを話す覚悟もしてたけど、その必要はなさそうだ。

「それで、男子がみんなついてきてくれることになったんです。もちろん松くんも。女子のみんなも事情を聞いて協力してくれて、学校からもらったGPSとかも、その、なんていうんですか、ごまかすために持ってってくれて」

「あらあら」と話を盛り上げたいのかってぐらいの反応だ。「すごいことする」

「あの、このこと、学校に知られるとまずいんです。だから、このあと、もし学校から連絡があっても何にも言わないでほしいんです」

「そんなことしません」

終わりでひときわ声が高くなる、とんでもないっていうような言い方だった。僕は心配そうに見守る蔵並と大日向に親指を立てた。やってから恥ずかしくなったけど、冷静ぶってた蔵並のほっとした顔を見ただけでも、やった甲斐があったってもんだ。大日向は松の肩をしっかり抱いてやってた。僕は、心打たれてしばらく声も出せなかったという体で言った。

「……どうしてですか?」

「帆一郎はね、あなたが学校で一番やさしいって」

言葉が首筋を這って、耳の後ろに回りこんでいくような感じがした。瞬間、道を下ってきた車のライトに背後から照らされて、僕たちの影が足元からふいにのびた。車が曲がってむしり取られるように消えた後には、アスファルトがさっきより鈍い闇となって広がった。

「あなた、佐田くんでしょ?」

「そうです」学校に佐田といえば僕しかいないんだ。「いかにも佐田です」

「佐田くんが一番やさしいって。ほら、あの子の直感ってすごく鋭いじゃない?」

「ええ」

臆しながらも同意の念を示した。親のひいき目というのは都合がいいものらしい。本当のところは、僕はただちょっとばかし吃音に慣れてたり、愛着があったりしたってだけなんだ。まあ、それを松が敏感に感じ取ったんなら、直感ってことになるのかも知れないけど、でも、そんな大層なことじゃないんだ。お互いにさ。

「予定を取りやめて、そんなに遠くで何してたのかは私にはわからないけども」と急に母親らしい落ち着いた声色になった。いや、落ち着いてるのが母親らしいのかは知らないけどさ。

「帆一郎も連れて行ってくれたのね。それだけでうれしくて」

僕は聞きながら、萎(しお)れてはいたけど上げたままだった左の親指をしまった。なんか、その腹がすごく寒々しく感じたんだ。この指はタイピングでろくに使わないから、あんまり面の皮が厚くできてないいんだろう。

「こんなこと聞いて、気を悪くしないでほしいんですが」と僕は喋り出していた。「この間、テレビ見てたんです。『街角ピアノ』っていう、街角の誰でも自由に弾けるピアノに定点カメラを仕掛けて、弾き始めた人に取材する番組です」

「あ、ＮＨＫのやつ？」

「そう、ＮＨＫのやつです。いつも見てるわけじゃなく、たまたまチャンネルが合ったんですけど、浜松のサービスエリアの回でした。さすがは音楽の街って感じで、ピアノの先生とか全国コンクール入賞者とかがバンバン出てきて、素人耳にもなかなか聴かせるんですけど、途中で、その流れからするとかなり場違いなおじさんがふらふら出てきましてね、青い作業着みたいなのを着て、カギ束を首からぶら下げてるんです。それでその人、くしゃくしゃの譜面を開いて台に置いて『TSUNAMI』を弾き始めたんです。サザンの」

「あら」

楽しそうな反応のせいで、僕は我に返った。

「弾きながら、説明のテロップが出るんですけど」それから数秒ためらって、仕方がないので言った。「小さい頃から吃音があっていじめられて、何度も自殺を考えたそうです」

丸く収まりそうだったのに、どうしてこんな話を始めたんだろう。蔵並が言うように僕は頭がおかしいのかも知れない。三人の顔も見れないで、今は顔より高いところを走っている線路を見上げた。ホームの端が見える。口が動く。

「意思疎通ができず、職も転々として――『TSUNAMI』の歌詞、ご存じですか?」

「ええ」返事は低くて遠い気がした。「どこの歌詞?」

「見つめ合うと素直にお喋り出来ないっていうとこです」

相手は黙った。僕は続けた。

「彼は、運転手という職を見つけてから生活が安定して、家庭を持ちました。それで、六十二歳になってピアノを始めました。そこで、人生で初めて弾く曲に『TSUNAMI』を選んだ。最後、ちょっとだけどもりながら「ピアノは人生を楽しくしてくれるもので、一生続けたいと思っています」と言って――」

ぶちまけちゃうと、僕はそれを見たからおじさんに会いたくなったんだ。もちろん、そんなことは松のお母さんに言うはずがない。だからこの時、僕はどんなに悍ましい奴だったろう。でもきっと、僕はそれをどっかで望んでいたんだ。どうしても悍ましい奴になっておきたかったんだ。なんなら、怒ったり呆れたりして、通話をぶった切ってもらってもよかった。

「気を悪くしないでください」と僕はまた言った。それだって悪くしてほしくて言ってるんだ。

「お願いですから」

「気を悪くなんかしないですよ」と松のお母さんは静かに言った。

「つまり、僕はそういう人間じゃないんです」

「そういう人間？」

やさしいわけなんかないんです。僕はいかにもしょうもない奴なんです。くだらない執着を隠しながら行動しては他人に迷惑をかける。いつの間に隠すことが目的になっちゃって、どう思われようと痛くも痒くもないんです。だから辻褄を合わせようとして、まるでいいことを思いついたみたいにこんな話を始めるんです。僕はそういうことをわざわざやるような奴なんです。

「そういうって？」

返事もせず、松に電話を押しつけた。驚いたことに、僕の目には涙が溢れていた。いつからか、なぜなのかはわからなかった。もうこぼれていたのかも知れない。三人が僕を見ないようにしているのがわかった。

とにかく僕は、そういう人間なんだ。空気の中に太陽の光が少しもないのがわかった。

僕がどこまでも孤独であろうとするなら、回り回って松のためになるかも知れない。何もないけど、「僕も孤独だ」って言うのか「僕は孤独だ」って言うのか、はたまた押し黙っているだけなのか、そんなことはわからないけど、とにかく、僕はこの世界のために孤独なんだ。そう信じることで何かし続けるなら、僕は世界を、世界は僕を、共に支えることができるだろう。それをやさしいと勘違いするなら、勝手にすればいい。

どうして話が終わったのか、これは本当にわからない。次に覚えてるのは、日野駅で、松が「誠」の旗を指さして蔵並に何か言ってるのを見たことだ。今度は蔵並が大日向に何か言った。大日向は僕を振り返ると、旗を指さして言った。

「写真撮るか」

「あ、そのまま？　同じ電車で？　帰って来る。武蔵野線の東京行き」

先生からの指示をあせった声でくり返している井上から、他の班員は少し距離を取った。

「まあ、そのまま乗り換えなしで帰るのが一番安全か」と大日向が言った。「東京駅の乗り換え、えらい遠かったもんな」

「遠かった」松が答え、僕を見て「う、うう動く歩道」と付け加えた。

「よく考えたら」正直、そんなことをみんなの前でわざわざ言う松にむかついた。「明日ディズニー行くのに、動く歩道がなんだって言うんだよ」

冷たい言い方になった僕に、小川楓が意外そうな目を向けた。

「すごい」と言って少し首を傾けながら「そんなだったっけ？」と僕らを交互に指さした。

「あれだね、気の置けない仲ってやつ」

「ことわざ辞典かよ」

大日向が茶化すように言うもんだから、僕も蔵並も思わず笑った。

「どういうこと？」話のわからない小川楓は不服そうに大日向を睨んだ。「なんかむかつく」

「18時24分――の、東京行き！」突然、片耳を人差し指でふさいで電話している井上がこっちを見ながら大きな声を上げた。「に、乗る？」と言って電子案内板を見上げる。「あ、ありますー。表示出てる。それ乗って新浦安まで行けば大丈夫？　ですか？」

声の緊張を少しゆるめたのを、聞いている全員が感じ取った。

「奈緒ちゃん、すごい」畠中さんが感嘆の声で首を振る。「練習通り」

「練習通り？」と大日向が訊いた。

「ここまで来る電車の中で」畠中さんは小川楓に目をやった。「ね？」

「ずっと練習してたから」小川楓は引き継いで言った。「電話きたらどんな風にしゃべるか、先生ごとにシミュレーションして」

「これ、たぶん高村先生だよね」

「名取は全体のことやってるだろうし、最初にかけて来るのは、慌ててる私たちを安心させられる高村先生が本命って予想。しかもたぶん立候補」

僕たちはひとしきり感心して、ため口と丁寧語を行ったり来たりしながら喋る班長を見つめた。

「だから、私たちもけっこう楽しんでるから」畠中さんがそっと動かした目の先には僕がいた。

「ぜんぜん気にしないで」

「最初から気にしてない」と僕は言った。「気にしてんのは蔵並だけで」

「気にしろよ、お前も」

「みんなの修学旅行をめちゃくちゃにしたくないとか言ってた」

「あ、そうなの？」小川楓は「なんだ」といたずらっぽく微笑んで蔵並を見た。「自分だけじゃなくて、みんなのことも気にしてくれてたんだ」

「そういうわけじゃ――」

口ごもる蔵並を助けるように、小川楓は「でもさ」と元気よく言った。「佐田くんが一人で抜けるより絶対よかったよね。そんな気する」

「最初について行くって言ったのは松くんだから」畠中さんがいつになく積極的に喋る。「松くんに感謝しないとだね」

女子を交えた会話は松には速すぎるしむつかしいように思えたけど、話さないまでも誇らしげにえくぼを見せた。

「うんうん」小川楓はわざとらしくうなずきながら畠中さんの肩に手を置き、芝居がかった声を出した。「ペロンチョはいいこと言う」

「ペロンチョ？」と大日向がいち早く反応した。

「こっちはこっちで色々あるから。ねえ、ペロンチョ？」

畠中さんは恥ずかしそうに笑って、小さな声で「感動しただけでしょ」と言った。

「あのね、うらわ美術館、すごいよかったのよ」と小川楓は畠中さんの肩を軽く揉みながら僕を見た。「ちょっと長居しちゃって駅まで走ったんだけど、それというのも――」

「そんな詳しく説明しなくていいから」畠中さんが小川楓の手をつかんで下ろす。

「展示の最後の方に『かいじゅうペロンチョ』って絵本の作りかけ？　みたいのがあってさ、それ読んで結衣ちゃん泣いちゃったの。展示のガラスに、大粒の涙をぽたぽたと――」

「あ」と大日向が声を上げる。「ラインで言ってたやつか」

「だって」と言いながら畠中さんが小川楓に親しげに体を当てる。「ほんとに感動したから」と言うと、僕の方を向いて「ありがとう、佐田くん」と頭まで下げた。「教えてくれて」

僕は何もしていない。ずっと何もしてこなかった。何かをしているとしたらやっと今しているところで、僕は一人で書くのでなけりゃ、誰のことも何のことも考えられないんだ。リスの頬袋みたいなのが目と耳の間にあって、そこに溜めこんだものを部屋に持ち帰って来て、こうして文字で並べて、ようやくそれが自分にとって何であるか考え始めるんだ。畠中さんと小川楓の距離が縮まっているのだって、こう書いてみてようやくはっきりわかったみたいな気がする。

答えないでいる僕をフォローしたのはやっぱり大日向だった。

「どういたしましてだろ、誠」

だから、こういう会話の作法っていうのは僕には一生身につかないんだろう。僕は突き放すような歪んだ笑みを浮かべてやった。小川楓は説明してほしそうだったけど、口を挟んだりはしなかった。立っているホームの下から、電車のドアの開く音が聞こえた。西国分寺駅は、地上の中央線と高架の武蔵野線が直角に交わっている。アナウンスから沢山の人が下車して歩き始める音まで、冷たい空気がはっきり伝える。

「その作品は知らないけど」音に紛れさせるような声で僕は言った。「気に入ったんならよかった」

「佐田くんもいつか絶対見て」震えて上ずった声。畠中さんの目は今にも涙がこぼれそうなほど潤んでいた。「絶対」

松は何か言いたそうに口を薄く開けて何も言わない。小川楓はさりげなく出したポケットティッシュから数枚まとまったのを渡しながら、会話を引き継ぐように僕に尋ねた。

「お母さんとの思い出のもの見るより、おじさんに会いたかったの？」

「生きてるから」あんまり心からという感じでもなく言った。「おじさんは」

言い終えてすぐ、僕は電話をしたまま近づいてくる井上を指さした。みんなそっちを見た。

「あ、先生。はい、大丈夫です。全員います。すみませんでした」

口調の変化で相手が代わったことが知れて、みんな黙って耳をそばだてる。反省、同意、安堵と様々に使い分けられた井上の「はい」だけを、かなり混み始めた東京のよく知らない駅のホームで聞いているのは変な気分だった。

しばらく黙っていた井上が「うう先生、ありがとぉ」と急に弱々しい声を出して「ございます」と付け加えた。「はい、大丈夫です。気をつけて帰る。駅に着いたら連絡します、はい、ごめんなさぁい」子供が謝るような声の余韻を残すように、少し置いてから慎重に電話を切ると、鼻で笑うような仕草で顔を上げた。「ぜんぜん平気そうなんですけど？」

「最後の、誰？」と大日向が訊いた。

「名取」

その名を聞いて盛り上がる僕らを、ホームの少なくない人たちがわざわざ振り返って見とがめた。井上は気付きもせず、電話を済ませた興奮で機嫌良さそうに喋り続ける。

「その方がいい思い出になるとか、わかったようなこと言ってんの。お前ら予定だけは一丁前だったのにな、とかめちゃくちゃ機嫌よくて。あと、他の奴らはともかく蔵並も寝るとは思わなかったなって笑ってたよ。そうなんですよーって言っといた」

松が声を出さないように笑った。蔵並は冴えない顔で唇を噛んで、なぜか僕を見ていた。

「名取がそんな風なら、特待取り消しなんて雰囲気じゃないよな、絶対」大日向は一応そう言ってやってから「なんだ、その顔」と蔵並に突っかかった。「お前の案だろ。みんな、協力したのに」

「俺に協力したわけじゃない。佐田に協力したんだ」

「協力って」と小川楓が言う。「誰が誰にとかじゃないから」

「あっ、そうだ」ひときわ声の大きい井上が手を叩いて、ホームの端を指さした。「一番前の車両に乗れって言われたから移動しよ。先生が新浦安のホームで待っといてくれるって。誰かは知らないけど」

「そこまですんのか」大日向が素朴に驚いて人混みを眺める。「先生も大変だな」

「また寝過ごされたら困るからって言ってた」

「子供扱いだな」と蔵並は言った。「完全に」

「まあ、そういうことにしといてやるか」

「気持ちよくない？」と井上は大口開けてうれしそうだ。「こんなことして先生たちだましてんの、うちの班だけでしょ、絶対」

「でも今日のことって、卒業まで誰にも喋っちゃダメなんだね」畠中さんが心配そうに、残念そうに言った。「蔵並くんのために」

「そうか」と大日向が恨めしそうに目をやる。「迷惑な奴だな」

「俺のせいか？」

狙ったわけでもなさそうな蔵並の誘った笑いは、最後に松が加わって一つになった。長く尾を引いた笑いの途切れる頃、不意を突くように小川楓の声が響いた。

「やっぱり子供だね」ダメを押すように間を置いてくり返す。「わたしたち」

僕らはようやく、混雑しているホームの端を目指して歩き出した。一列に並んで縫おうとする細くうねる道は、仕事帰りの暗い色したコートばかりの隙間で、少しも先が見通せない。それしきのことで黙って心細くなったり、そのくせ人混みで寒さが和らいでいることに気づいたり、やっぱり子供なんだろう。自分たちのことをそう口に出して妙な安心を覚えているくらいには。

「夕飯ってどうなるんだ？」蔵並が、たぶん大日向に言った。

「これでホテルのディナー食べれなかったらさー」わざわざ振り返って言ったのか、一番前にいるはずの井上の声がいやに大きく聞こえた。「男子のせいだから、明日のディズニー、奴隷ね」

「普通に残しておいてくれるって」と大日向が言った。「いいホテルだし、高校生相手だし。最悪、部屋で食べるような形にしといてくれるだろ」

「なんか小賢しいんだよね、大日向くんって」

小川楓に冷たく言われた大日向がいやに高い声で笑う。男四人でいた時には出さないような笑い声だった。

一番端まで人が減らないのに驚きながら、松を最初にして並ぶ。〈東京〉と電光掲示された電車がゆっくり入って来る。地元じゃ体験したことのないような電車の混雑に、班員は人に挟まって動かされて散らばった。しばらくして駅に着くごとに人が減るようになり、人の隙間から安堵した顔を見合わせたり、何人か固まれたりした。ある駅でどっと人が降り、そこからは席が空くたびに目配せし合って女子や松から座っていった。しばらくするとほとんどの席が空いてくる。離れて座っていた班員たちは磁石が飛んできてくっつくように男女の区別もなく繋がって、とうとう長いシートに三対四の向かい合わせで座る形になった。僕は三の真ん中にいて、隣には松と小川楓が座っていた。

「ねえ、肝心なの忘れてた」

井上はリュックを探ってＧＰＳを四つ取り出した。名前を確認して、男子それぞれに戻す。

「久しぶりだな」大日向は掌にのせてまじまじ見た。「結局、ぜんぜんバレなかったし」

「でも寝過ごしたって先生に言ったらさ、ＧＰＳで見てたから知ってるよって言われた。やっぱチェックしてたみたい」

「そりゃそうだろ。でも、最後の電話も全員いるか確認しなかったし、学校も抜けてるな」

「確かに」と畠中さんが憂うような声を出した。

「ていうか」と井上が思い出したように言った。「全部あたしがまとめて持ってたんだからね、一日中。重たくて重たくて」

「数十グラムしかないよ」

松がわざわざ言うからみんな笑ったけど、遠慮もためらいもないからこそ軽い笑いはすぐに夜の電車の荒っぽい響きにつぶされた。早速取り付けようとされるＧＰＳが、手元で小さく揺れている。

「ラインのやりとり、消しといた方がいいかもな」と大日向が言った。「念のため」

「もったいなくない？」と小川楓がいかにも残念そうに言う。「けっこう苦労したのに、何も残んないのって」

「思い出だよ、思い出」

小川楓は大日向を見たまま何も返さない。

「無言」と井上が反対から茶化した。

「蔵並のためにも消さないと」大日向は気にする様子もなく続けた。「何があるかわかんないだろ」

「大丈夫だろ、もう」と蔵並が言った。「ここまで上手くやったら」

「上手くやったからこそだろ。完璧にしたい」

「完全犯罪」松が座り直しながらかぶせるように言った。

「それはちょっとわかるかも。その方が思い出になりそう」

畠中さんが隣の井上に笑いかけると、井上も同意した。

「どうせ佐田くんいないから三班全員の思い出じゃないし、消していいんじゃない」

「普通に〈思い出〉使ってるし」小川楓が笑いながら裏向きの手で指さす。「でも、確かに」と言いながらその手を首に回すと、隣の僕に流し目を送った。「佐田くんいなかったら意味ないか」

「消そう」と蔵並が言った。

女子たちが「はーい」と似たような返事をして、みんなスマホをいじり始める。

手持ち無沙汰の僕は、その様子をぼんやり眺めていた。こういう手がかりを失って、今日のことはみんなの中でどんな風にあり続けるのだろう。消えたり現れたり広がったり狭まったり歪んだり整ったりしながら、僕がこうして書いたものとはどう違っているのだろう。僕が迷った時、どうやって確かめればいいんだろう。

駅に停まるたびに口数は少なくなって、僕は全員のあくびを目にした。夜の帳が下りた知らない街を、真っ白い光をこめて走る電車。その気だるい揺れに疲れた体とほっとした心を任せているうちに、一人、また一人と自分の荷物を抱きすくめるようにして眠り始める。目を開けているのは、僕と小川楓だけになった。

隣の松が舟をこいでいるのが視界に入る。整然と並ぶ細い髪の毛の間に、枯れ葉の小さな切れっ端がいくつも紛れていた。向かい側の七人掛けの一番端に座った井上が、寝苦しそうに頭を起こして首を晒す。暑くて外した臙脂色のマフラーが床すれすれまで垂れ下がっている。小川楓はそれをおもしろそうに、どこか愛おしそうに観察していたけど、突然、隣の僕を見ると、上下の睫毛がやっと触れ合うような弱い瞬きを何度か打った。視線が引っ張り込まれるように合い、僕の顔が熱を帯びた。

僕らは黙ったまま、何秒か、何十秒か、何千秒か、とにかくじっと見つめ合った。

わけがわからなかったけど、もっとわからなかったのは、目が覚めて間もなくそんなものを目にした井上だったろう。いつから見ていたのか、だとしたらやっぱりそれは何十秒かの出来事だったのか。小川楓につられてそっちに目を向けた時、井上は頭を後ろに預けたまま、見開いた目だけを見下ろすように僕たちへ据えていた。

小川楓が人差し指を口の前にかざすのが横目に見えた。井上は命乞いでもするように微かなうなずきを繰り返したけど、小川楓がその指をピストルの形にして前に出し、音もなく撃つマネをすると、おっかなびっくり目を閉じかけ、それからぎゅっと目をつぶった。だんだん頭を垂れ、白く発光してるような髪の分け目がこちらを向いたところで動かなくなった。

小川楓の逆隣は空いていたから、親友を呼んでおしゃべりすることだってできたはずだ。でも、そうはしなかった。それって、僕と二人のままがいいってことじゃないかと思うんだけど、それっきり小川楓はこっちを向かなかった。僕ときたら、自分から話しかけもせず、耳元で「佐田くんの人生、かっこいいねえ」とかなんとか言ってくれるのを、今か今かと待っていた。

黙って電車に揺られながら、向かいの席で崩れている四人と、そのすぐ上の暗い窓にはっきり映っている三人を見る。全員の顔は見えないけど、前後二列、記念撮影のようにこちらを向いて座っている三班だ。

小川楓も同じことを考えていたみたいで、スマホを出して構えると、反対の手でピースした。僕もガラスに映った小川楓の顔に、精一杯の笑みを向けた。角度が悪かったのか、小川楓がほんのちょっとだけ僕に体を寄せて、肩が触れ合う。撮れたものを確認しながら彼女はつぶやいた。

「やっと二枚目」

「班の写真?」と言ったけど、撮った記憶はなかった。

「いや、佐田くんの写真」すごく小さな声で言って、今撮った写真に指をやる。「正確には」と続ける小川楓の親指と人差し指の間に広げられた、微笑する自分と目が合った。「佐田くんが笑ってる写真」

何か言うべきだったのに、僕はみっともなく大日向を一瞥しただけだった。抱き込んだリュックに顔を埋めている。小川楓は囁くように続けた。

「この修学旅行で、佐田くんが笑ってる写真を撮ろうってやってんの。一番多く撮った人が優勝」

「誰と？」

「みんなで」

笑い転げてる時、唐突にスマホを向けてきた松を思い出した。最後、日野駅で無理に「笑え」と言って撮らされた写真も。僕はまた笑顔になってしまうところだった。媚（こ）びてるみたいだから我慢したけど、本当に笑いたかったんだ。いや、もしかしたら泣きたかったのかも知れない。我慢したからわからないけど、とにかくそういう、何かが、こみ上げてくる気分だった。

僕は自分の知らないところで何かが起こってるのだけがうれしいんだ。それでずっと一人でも平気なんだ。

「でもそれ」不覚にも声が震えた。「言ったらダメなんじゃないの」

「だね」平気で言って写真を閉じる。「だから明日」と言ってスマホをポケットにしまう時、また体と声が近づいた。「私が撮ってる時だけ笑ってよ」

僕はやっぱり何かをぐっとこらえて「優勝したいから？」とくだらないことを訊いた。

「優勝したいから」と小川楓は言った。

なにしろ間抜けな僕のことだから、優勝したらどうなるのかは聞きそびれた。

初出　「文學界」二〇二三年六月号
ＤＴＰ制作　ローヤル企画

装画　坂内　拓

装丁　野中深雪

著者略歴

一九八六年北海道生まれ、法政大学社会学部メディア社会学科卒業。二〇一五年「十七八より」で第58回群像新人文学賞受賞。一八年『本物の読書家』で第40回野間文芸新人賞受賞。二一年『旅する練習』で第34回三島由紀夫賞受賞。他の著書に『最高の任務』『皆のあらばしり』『ミック・エイヴォリーのアンダーパンツ』などがある。

それは誠（まこと）

二〇二三年六月三十日　第一刷発行
二〇二四年三月一日　第四刷発行

著者　乗代雄介（のりしろゆうすけ）
発行者　花田朋子
発行所　株式会社 文藝春秋
〒102-8008 東京都千代田区紀尾井町三—二三
電話 〇三—三二六五—一二一一
印刷所　大日本印刷
製本所　大口製本

ISBN978-4-16-391721-4